かんばらまんだら

越後商人気炎万丈記

かんばらまんだら　越後商人気炎万丈記／目次

一、夏のきらめきとローカル線と……………………5
出会い　5
北陸道を金沢へ　15
国上山　17
弁当の行方　20
寺泊　21
思い出の中の劇場　24
出雲崎　34
柏崎・刈羽　46
長いプラットホーム　51
金沢にて　56
あるイラストレーター　62
「僕の夢」と再会　66
帰り道　71

二、さらば新潟・吉田劇場……76
エイゼンシュテイン　76
あこがれの名画座　81
祖父　89
山本五十六　93
二・二六事件　99
太平洋戦争始まる　101
堀悌吉　102
長官機撃墜さる　106
八月十五日終戦　115
劇場を作る　117
初めての上京　124
社会は変わる　134
少年のころ　142

三、マイ・バック・ページ　美大男子学生の六〇年代……152
デッサンの授業　152
奏楽堂　156
絵のヘソ　162
壁に耳あり　166
大事件勃発……？　172
四、戦争残影　祖父と父……178
カニカニ、カニカニ　178
父の戦争　183
ノモンハン帰り　189
中将姫とマルセリーノ　199
参考文献　203
おわりに　204

一、夏のきらめきとローカル線と

出会い

このところしばらく、彼はもっぱら花火の絵を描いている。というより作っていると言ったほうが正確かもしれない。

以前は絵になりそうな風景や街や植物などを求めてスケッチに出かけたり、人物のデッサン会へ行ったりしていたものだ。自分の感性、心情に合った対象を探し、資料を集めて作品の糧とし、自身の内側に取り込んで醸造させて描いていたと言っていいだろう。そんな作業を長年、ところを変え、時代の変遷を経て続けてきた。しかし都合よく格好のモチーフに出会えることは稀で、うまくいったこともあれば、ダメな場合もある。むしろ後者のほうが断然多い。

仕上がって自分でもいいなあと思え、評判がよかった作品であっても、何かモヤモヤとした消化し切れないものが残っていた。技術不足に由来するものか、どうなのか……、何かが足りない。こんなやり方で自分自身に得心のいくものなどできるのだろうかという懐疑は彼の内に日に日に増していた。

画家が作品を描くにはテーマも必要だ。それは制作するにあたっての時間、空間、その他モロモロに関わるものなのだ。その点において彼の生まれ育った時代の社会状況は曖昧模糊としたものであった。那津夫の両親や祖父母の時代、つまり前の大戦を生きた者、生きざるを得なかった人間には、否応なしに戦争と自分との関係があり、ほとんどの人の人生は支配された。戦時下に幼年期を過ごした人にも、飢餓や焼け跡、闇市などの体験は、その後の人生の多くをかぶっている。それを否定しようがしまいが、向き合ってあまりあるテーマには違いないのだ。ひるがえって終戦後生まれた那津夫には、戦中体験も、焼け跡、闇市の体験もない。戦後の物不足で、少年時代の空腹感こそあったものの栄養失調にもならずに育ててもらった。彼には自分を強力に支配する環境に思い当たるものがなかった。ようするに民主主義と自由と平和の子だったのだ。こんな場合、どこへ何にテーマを求めたらいいのだろうと焦りも感じていた。

現代社会は光と色彩に満ちあふれている。かつての時代を写真や映画でたどってみるとほとんどがモノクロームの世界であるが、印象が薄いかと言えばそうではなく、かえって鮮やかであると感じられたりする。近年モノクローム写真や映像をカラー化するＩＴ技術が発達し実行されているようだが、たとえばチャップリンの数々の作品や黒澤明の「羅生門」、溝口健二の「雨月物語」などをカラー化したとしてより一層の感動は生まれるだろうか。決してそうはならないだろう。小津安二郎の「東京物語」にしても、サタジット・レイの「大地のうた」にしても……他にも山ほどある。

「2001年宇宙の旅」という映画、一九六〇年代にSF作家アーサー・C・クラークと映画監督スタンリー・キューブリックによって作られたものだが、シネラマ方式によって公開された見世物・観光作品である。ところが二人の天才によって驚くべきしかけが施されていた。当初、奇抜な宣伝につられて見に行った物見高い観客は、第一部〝人類の曙〟で三十分にも及ぶ俳優たちの演じるアウストラロピテクスと思われる猿人たちのモノトーンのシーンに、「何だこりゃ、猿芝居を見せられるのか」と怒って帰った客もいたそうだ。第二部は宇宙船が月へ向かって飛行し、宇宙飛行の様子が紹介され宇宙服のファッションショーなども行われる。漆黒の空間をゆっくりと静かに飛行する宇宙船と月面基地への到着シーンが美しい。

第三部となって宇宙船ディスカバリー号は、数人の飛行士を積んで木星探査の旅へ出発する。ここで船体の運行と安全を任されているコンピュータのHALが謀略を企てて、ただ一人生き残った人間との知略を賭けた戦いが繰り広げられる。コンピュータがあらわれてわずか二十年ほどのその時代にすでに現代社会の危機を予見していたのだ。そしてHALは機能を失い、操縦不能となったディスカバリー号は木星空間へ突入していく。おびただしい光と色彩と音響によって、現代アートのように提示されるシーンが延々と続く。とある美術家の「この映画で見るべきものは木星へ突入する三十分のシーンだけでそれ以外は見る価値はない」などという批評もあったように記憶している。

木星へ到着すると画面はバロック調の室内空間となり、年老いた人物はやがて胎児へと回帰していき、モノトーンの画像となって映画は終了する。人類の進化とそれによって生ずる理性、知性、感性などの相克を表現したものか……難解である。単なる宇宙観光の映画ではなかった。映像は全編にわたって息をのむほどに見事だ。今では映画史上の大傑作、金字塔と評される作品だが公開当初はさんざんなありさまで、ほとんど〝お蔵入り〟の状態だったようである。

このあと、キューブリックは「バリー・リンドン」というヨーロッパ中世後の物語を撮っていて、絢爛たる美の世界を表出しているが、その時代の光と影、ことに影の中のわずかな色彩に細やかな注意が施されていたように那津夫には感じられた。

数年前に彼は、心臓の病を得て大手術をした。手術は成功し、退院前の二晩かけて思いがけず、壮大かつ鮮烈な花火の祝福を受けたのだ。それは本当に不思議な偶然が重なってのことだった。

毎年八月二日と三日の夜に長岡の街では大花火大会が催される。街中の病院で手術を受けた彼は、八月一日に退院を許されて帰宅することになっていた。信濃川の土手で打ち上げられる花火が、病室から街の屋根越しに眺められるのを彼は知っていたが、手術明けの身にとって花火見物などは考えられなかった。ところが退院予定の前の日に主治医が突然彼のベッドにやってきて言った。

「遠藤さん、早く帰してあげたいのは山々なんだけど、かわいそうだけどこの週末もう二泊していってください。簡単な検査をもう一つやらせてもらって、退院は四日の月曜日ということでお願いします。誠に申し訳ない……」

ちょうど居合わせた女房と娘は「ラッキー、ラッキー」とVサインを出して喜んだ。どうも二人は内心「今回はせっかくの花火とはスレ違いね、もう少し入院してたらいいのに」などと思っていたふしがある。まったく……。彼はベッドを移動させられ五階の八人部屋へ行くことになった。大花火大会の当日、情報が病院内をめぐり始め、西方の大空と信濃川をのぞめる彼のいる部屋が高さ方角とともに一番らしい。しかも那津夫のベッドは窓際にあって特等席ということだ。思いもしない偶然が重なった。何だろうか、不思議な力によって最初から仕組まれてでもいたのだろうか、物事はスイスイと進んだ。

夕刻が近づくにつれ、他の部屋から患者、看護師、若い医師などが彼のベッドのまわりにやってきた。

「すみません、よろしいですか？」

近くに二十人も集まっただろうか、そうやって大きなガラス越しに展開する壮大なスペクタクルを見ることになったのである。

薄明かりの残る空へまず一発の花火が上がった。白菊が開いた。この花火は戦死者や空襲による被災者への鎮魂のためのものである。ついで打ち上げ花火、スターマイン、三尺玉などと続いて、信濃川の岸辺左右二キロメートルにわたって一二門の砲台からさまざまに打ち上げられ、夜空を光と色彩で鮮やかに染め尽くした。そしていよいよ大会の華、フェニックス花火となる。これは震災ほか幾多の災害からの復興の願いと、再興への意志の表現になるのだろう。一二門の砲台はいっせいにしかも限りないと思えるほどに火を噴き上げ続けた。

彼は病室の中で見も知らぬ病人たちや医師、看護師、介護師らとともにガラス窓に繰り広げられる供宴を見続け素直に感動してしまったのである。

金色や銀色の光の輪がおびただしく重なり合うフェニックスの前に身じろぎもせずたたずんだ。ただただ「生命」と内と外で向かい合ったのである。点滴スタンドを引いてきた人も、鼻に酸素チューブをつけた人も、居合わせた人はみんなそれぞれに「生きている」ということに思いを抱いたに違いない。

花火は光と色彩と大音響とで一瞬にして強烈なインパクトを与えるが、空にパッと開いてしまってそれ自身の実体は残らない幻のようなものだ。瞬間とそのはかなさを愛でるものだという見識もあるようだが、このフェニックス花火は何しろ左右二キロメートル、一二門からの砲台から尺玉が続々と打ち上げられるので、光輪が重なり合って巨大な複合体を形成し、うごめき変貌していって一つの有機体が生み出されるようなドラマがある。身体を持ち、呼吸を始めて、ドーン、ドーン、ズシン、ズシンと連続する爆発音は心臓の鼓動にも聞こえる。「生命と向き合う」、みんなの心の底にそのような思いが生まれたに違いない。この感動、感覚を何とか表現してみたい……、とその場に立ち尽くして彼は思わざるを得なかった。

無事退院し、療養のかたわらに彼は花火の絵の制作に取りかかった。試行錯誤し現在の技法に行きついているのだが、できあがった作品を見た周囲の人たちからは、「ずいぶん変わった」と思われたようだった。彼はそれでかまわないと思っている。以前は無意識に周囲の目を気にしながら制作していたのではないか。好まれようと好まれなかろうと、心の内から生まれたフェニックスの感動を表現したいという思いを抱いているし、このやり方が今の自分の感覚、身体に合っていて、仕事をしている時間も合わせて彼自身には得心がいっているのである。

絵を描くというと、まず紙やキャンバスに描くことが思い浮かべられるのだが、彼はベニヤ板に寒冷沙という布を膠《にかわ》で貼り、その上に胡粉《ごふん》を塗ったものをベースにする方法をとっている。

その上に朱、金、銀の粉末をそれぞれ溶いて三層に塗る。乾いたら花火の形態を鉛筆で描き、濃い鼠《ねずみ》色をかけて夜空を作る。そうしてようやく描写に取りかかる。作業はまず光の軌跡をていねいにカッターナイフで削り出し、できた溝に細筆で一つひとつ金色、銀色などいろんな色を埋めてゆく。その上を刷毛で色をかけたり、サンドペーパーで削ったりブラシで絵の具を飛ばしたりして、調子を見ながら完成へ向かう。だから彼の花火は描くというより作ると言ったほうが合っているかもしれない。作っている時間は工芸職人の仕事のようで素材のご機嫌にそって作業を進めなければならない。このやり方は彼自身の感覚にも合っていて、この先進めていけそうな気配がしている。

その昔、飲み会で先輩から耳にした謎かけで一席。

美大生とかけて何と解く……
新橋芸者と解く
そのココロは……
色と調子で苦労する

ハイ座布団一枚！

アーティストという言葉はアルティザン（職人）からきているらしいのだが、エンターテイナー（芸人）にもつながっていたとは、現代社会の何でもありの風潮、「いいね！」と単純にはうなずけないのだが。


この夏、長岡のギャラリーでの花火の絵の作品数はほぼめどはついて、もっと遊びの要素を入れた作品も加えてみたいなどとぼんやり考えていた。

「あれはどうなってしまったんだろうか」

と遼子が言い出した。

「あれって何？」

那津夫は大好物の新筍の煮物を箸でつまんだまま聞き直した。

「駅で忘れた弁当よ、駅員が食べたかしらねえ」

「まさか、食べものだから一日くらいは保管しておいて廃棄されただろ」

言い合っているうちにだんだん記憶がはっきりしてきた。それにしてもその旅行がとても楽しかったので、忘れた弁当のことなど頭から吹っ飛んでしまっていたものと思っていたのに、けっこう執念深い……。

去年の八月、那津夫は大学時代からの友人、林とし也の展覧会とスライド上映に参加した。場所は金沢である。林とし也は三十年以上にわたり宮澤賢治の童話を絵本に制作し、『どんぐりと山猫』に始まって十数冊を世に出している。賢治の著作権が没後五十年で切れる以前に、すでに賢治の弟の清六さんから許可をもらって手がけていた。それまでの作品の原画展と、新作「ポラーノの広場」のスライド上映会である。以前からつきあいのある知人たちも多く集うというので、那津夫も初日に夫婦で参加することにした。彼が東京から郷里へ引っ越して二十年ほどたつ。たまに上京して友人たちと旧友を温めてはいたが、金沢で集まるのは一興である。

スライド上映が開かれる聞善寺は金沢駅から歩いて十五分くらいの瓢箪町にある浄土真宗の寺である。近江町市場に近く、浅野川へも三、四分で行ける。上映会は初日の午後からで、お寺に宿泊させてもらえるので前乗りで行くことにした。若い住職と先代夫婦がお寺で各種イベントを催されていて、林とし也の絵本が大好きで今回の催しとなった。東京方面からの十数人の本隊もこの日の夜にお寺に入るという。

金沢のあちらこちらのお寺が、宗派に関係なく合同で「オテラアート」というさまざまな芸術を取り込んだ催しを近年開催していて、その催しに那津夫のフェニックス花火の絵を聞善寺の本堂に飾りたいとの住職からの要請もあって、下見を兼ねた心軽やかな旅行のはずだったのであるが……。

北陸道を金沢へ

新潟から金沢へと言うと、数年前にＪＲ再分割があり、北陸新幹線が開通して首都圏からは交通至便となり街は非常に賑わっているという。以前金沢へは特急一本で行くことができていたのだが、それが廃止され、新設された特急列車で妙高高原駅へ行き、接続もよくない北陸新幹線に乗り換えて……と、非常に手間のかかる面倒くさい行程となってしまったのだ。すこぶる評判が悪い。原因は当時の新潟県知事が、新幹線駅の県内割り当てなどでＪＲともめ、協賛金の支払いをぐずぐず渋り工事を遅らせたとかで、さらに隣県の知事たちとも険悪になった結果そのようなお仕置きになったとか言われているようだ。

ちょうど夏休みと重なり高速バスの予約も取れない。ならば別に急ぐ旅でもないので各駅停車鈍行で行こうと思い立った。ルートはこうである。

まず最寄りの越後線吉田駅から終点柏崎駅で信越本線に乗り換えて直江津駅へ行き、そこから北陸線を富山を通って金沢へ、というルートである。出発前日、吉田駅の緑の窓口へ切符を買いに行った。

「吉田から金沢まで乗車券二枚！」

所定の用紙にルートを詳細に記入して元気よく出すと、「すみません、このルートでは金沢までは買えません」と言うではないか。ＪＲ分割民営化になってからは、直江津駅の先は別会社の経営となっているので、そこの切符はここでは売ってないから、直江津駅で新たに買ってくれという。しかもその先には、二社も関わっているというのだ。

翌日、吉田駅で直江津駅までのＪＲ普通乗車券二枚を購入して、まずは出発することにした。行き当たりばったりのややこしい事態となりそうだが、それも一興である。「俺の人生もそんなもんだった」などと口走ったら遼子はそっぽを向くに決まっている。

朝早い出発なので夜明けとともに起きて弁当を作り始めた。時刻表によればお昼は直江津か糸魚川あたりになるだろう。親不知あたりってこともある。車窓から夏のきらめく日本海が空想される。「うん、座席は進行方向の右側にしよう」などと考えて自然と弁当作りに力が入った。

おにぎりは四個作った。中身は鮭と梅干しを二個ずつ、こんなときのために残しておいた筍の皮に包んで縛った。卵焼きを作り、昨晩作っておいた総菜をやっぱり取っておいた木の折り箱に詰めた。鶏肉とコンニャク、高野豆腐、牛蒡《ごぼう》、人参、茸《きのこ》、筍の煮物。鰤の塩焼き、ウインナー、蒲鉾。遼子は蒲鉾の表面の赤色が気に入らない。しかし彼は断固として弁当の蒲鉾は赤くなくてはならない。白い蒲鉾ってのは「私は上品でございます」という表情が高級老舗蕎麦屋の板わさならともかく、弁当にはふさわしくないと考えるのだ。また黄色い卵焼きと白い蒲鉾が並んだ日には落語の「長屋の花見」みたいになってしまっていただけねえ……。キャベツと胡瓜の塩もみをアルミカップに盛り、プチトマトとゆでたブロッコリーを添え共同作業は立派にできあがった。割り箸を忘れてはいけない。たまたまあった道明寺餅もデザート用にビニール袋に入れ、布巾で包み、伊勢丹の紙袋に入れて那津夫に渡された。

国上山

吉田駅。発車時刻まで間があったのでプラットホームの椅子に腰かけた。これから先の切符の手配、乗り継ぎについて確認していると、思いのほか早く電車がすーっと滑り込んできた。七、八両もある編成だがガラガラに空いている。はやばや乗り込み四人がけの座席を占領した。天気もよし、先々の景色を想像すると気分も高揚してくる。何しろこれからの路線には数十年ぶりの乗車区間も多い。八時三十九分に出発、柏崎駅に九時四十七分に着く。ベルが鳴った。ガラガラのまま発車した。

しばらく行くと農村地帯に入り一面緑の田んぼが広がる。窓の右手、ほど遠くないところに国上山が見える。標高三〇〇メートルほどの山だが、中腹に真言宗の古刹、国上寺があり、末庵の五合庵に江戸時代の名僧、良寛和尚が長年暮らしていて、たくさんの詩、書、逸話を残している。そこへは女房と何度か訪れていたから別に説明する必要はない。広い田んぼにところどころ見える集落の庄屋、地主、医者、農民らが良寛の活動と生活を支え慕った。あたり一帯の風景は良寛の世界であった。

太平洋戦争の最中、東京は食糧事情が悪くなり空襲も激しくなって多くの人たちが地方へ疎開した。ことに良寛を敬って、このあたりの村にも大勢の人たちが来たようだ。日本画家の安田靫《ゆき》彦《ひこ》をはじめ多くの画家が逗留していて、村内には奥村土牛の足跡もある。

戦時下において絵描きなどという者は、ほんの一部をのぞけば果たして何の役に立っただろうか。学徒出陣によって美術学生も戦地へ送られたが多くの戦没者を出している。戦地でのスケッチや帰国後シベリア抑留をテーマに描かれた作品も数々残されているが、およそ戦争そのものには役立たない。

大学時代、美術解剖の授業で教授が語っていた。

「美学生というものは戦争に役立たないシロモノだ。第一に体力がない。その上命令にしたがわず、隠れてコソコソとスケッチなどしている。唯一戦力になったのは高射砲部隊で、空襲してくる敵機を発見したら高度と速度を測り、位置を予測して砲弾を打ち上げる能力には優れていて格段の命中率だったそうだ」、誇ってもいいものかどうか……、きっとデッサンで培った空間把握に長じていたんだろう。

この教授は風変わりだが人気があった。馬の話が出ると脱線し「馬ってヤツはねえ、馬ってヤツはねえ、かわいいんだよ……」などと急に涙ぐみ、かと思うと「キリンの首も人間の首も頸椎は七個でできている。この前、隣の動物園でキリンが死んだから切り取ってもらってきた」なんて延々と話し出す。

ところで良寛はこの沿線の出雲崎で生まれている。そこは本州から佐渡島へ渡る港町で、島で産出された金の積み下ろし港でもあって幕府の天領だった。また北前船の寄港地としても栄えていた。港町の庄屋に生まれ、跡目を継いだけれどその任に値わず出家し、備前玉島の円通寺という禅寺で修行し得度した。十数年の西国放浪行脚のあと、郷里の越後へ戻った。そのころには実家の庄屋は没落しており、良寛は出雲崎に足を止めることなく通り過ぎて郷本という浜辺の荒れ果てた小庵に居をかまえた。その後何カ所か移り暮らして国上山の五合庵に落ち着いたようである。良寛は那津夫夫婦が旅している北陸道を、西国から日本海に沿って故郷への道を北へ向かって歩いたのである。

佐渡弥彦国定公園切手（昭和 30 年代前半）

弁当の行方

あれこれの思いに浸りつつ窓の外を眺めていると、

「弁当はどこ？」

遼子が聞いてきた。

「えっ！　どうした、どうしたんだろうか」

彼はあわててまわりを捜した。見当たらない。何度捜してもない。一瞬にサーッと血の気が引く思いがした。駅に着いたときには確かにあった。そこまで彼が持ってきたのは間違いない。三番線ホームのプラスチックの椅子に腰かけて脇のコンクリートの床の上に置いた。そして電車に乗るところから記憶がない。一連の動作を再確認すると、やはり電車が来てからの記憶がないのだ。現実はしっかりと受けとめなければならない……、ホームに置き去りにした事実は確定的となった。

「えーっ！」

遼子の悲鳴に似た声が車内に響き渡って空気は一瞬にして凍りついてしまった。電車は前へ前へと進んでいる。「落ち着け、落ち着け」と那津夫は自分自身に言い聞かせ、何とか取り戻す方法はないものかと思案した。乗務員に話して、取ってもらったとしても戻る方法がない。何せ二時間か三時間に一本という運行数である。たとえ保管しておいてもらえたとしても戻るのは三日後だ。まして夏の日の食べもの、ヘリコプターかドローンで追いかけてもらえたら可能だろうがそこまでの貴重品でもない。結局あきらめるしかないと悟り、責任は彼にあると決着した。会話はなくなり気まずい空気だけが残された。ごう音を立てて電車は大河津分水鉄橋を渡っていく。プラットホームのコンクリート床に置き去られてしまったかわいそうなタータンチェックの紙袋……。

寺泊

寺泊駅は周囲に家も少なく閑散としている駅だが、西側の丘陵地を越えると街があり、大きな漁港、海水浴場、水族館などがある。魚市場が賑わっており、他県からもたくさんの人が車で押し寄せる。

ずいぶん昔のことになるが、長岡から寺泊へ軽便列車が通っていて、この駅で越後線と交差していたが廃線となって久しい。那津夫は小学校へ上がる前に長岡鉄道軽便列車に乗って寺泊へ行ったことがある。

那津夫の家の隣は大きな屋敷で母の実家である。屋敷を中心にして工場などの建物が七、八棟あり、他に土蔵、庭、離れなどを含め広い敷地を所有し、いくつかの事業をやっていた。彼の生家もその一部を構成していたということになる。会社には使用人、職員も多く、工場、事務所関係一体となって出入りしていた。

当時、事務員兼行儀見習いでお光ちゃんという若い女性が住み込みで働いていた。お盆の里帰りに幼い那津夫を寺泊の実家へ連れていってくれたことがある。

寺泊の街は、佐渡をのぞむ日本海と背後の丘陵との狭い土地に北国街道が通っており、道の両側に妻入りの木造家屋が狭い間口を寄せ合って並んでいる。上空から見ると家並みの中に一本の白い道が細長く続いているので俗に「ふんどし町」と言われる。丘の中腹にお寺と神社がいくつか並び、細い山道でつながっている。古来より北前船の寄港地でもあった。

お光ちゃんの家は、鉄道の終点からかなり街中を歩いて家並みの途切れるあたりの海側にあった。玄関を入ると奥まで真っすぐに土間が続いており、左手に畳の部屋が三つ並んでいて、土間の右手の木の階段を上ると二階に二間ある。土間の突き当たりは漁の道具が置いてある小屋で、裏戸を開けると真夏の広い砂浜だった。あふれる光の中に網干し柵や手こぎ和船が並んでいた。幼かった那津夫には波打ち際までの砂浜は遠く、白い光の反射がまぶしく足の裏が熱かった。食事はご飯と味噌汁、野菜と毎日鰯の塩焼きが出た。

「この家はどうして毎日鰯ばっかり出てくるの」

彼が尋ねると、漁師の父親と母親はただ顔を見合わせて大笑いをしていた。風呂はなかったので、お光ちゃんが銭湯へ連れていってくれた。那津夫はお光ちゃんと一緒の女湯に入るのだが、すでに近所で話題だったらしく漁師のおカミさんたちが入れ替わり立ち替わり彼を見にやってきた。「おやぁ、この子が蒲原の町の子かねえ」などとめずらしそうに頭をなでたりする。

当時男の子はほとんどが坊主刈りだったが、那津夫は髪を伸ばしたいわゆる「坊っちゃん刈り」であった。吉田の町でも医者の子とか大店の子、四、五人くらいしか「坊っちゃん刈り」はいなかった。彼は「坊っちゃん刈り」は嫌だったのだが、床屋はなぜかそれ以外では髪を切ってくれなかった。小学校六年生を迎えるころにようやく坊主刈りにしてもらうことが叶ったが、幾人かの人たちに「お初っ！」と軽く坊主頭をたたかれたがうれしくなかった。

お光ちゃんはしばらくたって会社を辞め、縁あって蒲原の農機具会社の二代目に嫁いだそうだ。

電車は桐原駅の田んぼ中の屋根のないプラットホームに停まった。記憶の中をさぐると、中学生のころ、この駅を中心として映画が作られたことがあったはずだ。庶民派監督の五所平之助が松竹で撮ったものだったと記憶する。題名が「かあちゃん結婚しろよ」という作品で、主演が新珠三千代、売り出し中の新人女優倍償千恵子に人気絶頂のコミックバンド「クレイジーキャッツ」のリーダーハナ肇も出演したと思う。何でこんな変哲もない風景の中で映画が作られたかというと、当時ＴＶが社会に進出して映画は衰退し始めていた。映画会社は高学歴の理論派監督たちを重用し、昔からの映画職人監督は隅に追いやられ始めた。いわゆる「ヌーヴェルヴァーグ」の時代。五所平之助も制作の場を失いつつあり、思索の旅に出て鈍行列車で全国をめぐる途中に、この駅でふと構想を思いついたらしい。残念ながら那津夫はこの映画を観る機会に恵まれなかったのだが、たぶん監督の時流に対抗するメッセージがこもっている作品なんだろうと推測している。

五所平之助はこの作品のあと、かあちゃんシリーズとして左幸子主演で「かあちゃんと11人の子ども」という作品を作っていて、そこではコメディアンの渥美清と倍賞千恵子が出演している。同じころに松竹映画で監督となった山田洋次は、「馬鹿まるだし」などのバカシリーズをハナ肇主演で撮っていた。これらのいわゆる松竹大船調と言われる古臭いと思われていた家庭劇作品の下で、「拝啓天皇陛下様」などで注目を集めた渥美清と倍賞千恵子などが山田洋次監督と結びつき、国民的作品となった「男はつらいよ」のフーテンの寅シリーズが生まれていったのである。

思い出の中の劇場

ここで話は出発点の吉田駅へ戻ってしまうのだけれど、そこは人口二万人足らずの田舎町の駅だ。

蒲原地方の町や村は、信濃川や阿賀野川の下流の沖積平野が陸地化されて農地となり、中世以後集落が徐々に形成されてできあがった。海岸沿いに、標高六三四メートルの弥彦山を中心として角田山、多宝山、国上山と列をなして山塊を形成して屏風のように蒲原を海からの強風から守っている。越後山間部を流れてきた信濃川は長岡のあたりで平野部へと躍り出る。川と潟と陸地とが形を整え蒲原平野が出現した。できあがった平野の面積は東京都の面積にほぼ匹敵し、琵琶湖よりも断然広い。川は大河津で国上山にさえ切られ内陸側へ大きく蛇行する。そこで一本の支流が派生する、西川である。広川と呼ばれる信濃川本流に対し小さな川幅の流れなので狭《せば》川とも呼ばれたらしい。本流からわかれて平野を四〇キロほど流れ、再び河口の新潟で本流へ合流する。周囲の農地を潤し、集落へ物資を供給した。狭い川幅は操船や保安に便利なようで、一里ほどの間隔を置いて川湊（津）が作られ経済圏ができていった。商家は屋敷裏の川べりに専用の桟橋を作りそれぞれの商いをして、船は新潟湊で北前船につながり、大阪への米の搬出、北海道の物産や京文化の輸入などが行われるようになり、山沿いの旧街道の村々をしのぐ勢いになっていった。

そして時代が変わって鉄道が西川に沿うように蒲原平野に敷設された。越後線は信濃川河口の新潟市から柏崎市までの九〇キロを、山塊に沿うように砂丘地、平野、里山と走っている。沿線道中にトンネルは一つもなく、日本海は、山や丘陵にさえぎられて見えない。わりと平坦で変化に乏しい路線であるかもしれない。弥彦山は県内有数の観光地で、越後一之宮の彌彦神社は県内最大の参拝者で賑わう。祭神伊夜日子大神《さいじんいやひこのおおかみ》は神武天皇とともに天下りした神々に連なっていて、越後の国の開拓の祖とされている。信越本線の東三条駅から弥彦駅まで弥彦線が通っていて、二つのＪＲ路線がほぼ直角に交差しているのが吉田駅である。

戦後まもない昭和二十二年三月、この小さな田舎町の駅前にびっくりするほどの大劇場が出現した。

通称「吉劇」と言われた吉田劇場、会場案内のポスターには北陸随一の大劇場「娯楽の殿堂」とうたってある。新築二階建てで、二階にも椅子席と映写室があり、売店、食堂もあった。檜張りの舞台には場面転換装置、セリ上がりマイクが設備され、ステージ全面に左右四〇基のフットライトが埋蔵されていてオーケストラピットもあった。背面は白い漆喰《しっくい》壁で上部は湾曲しており、照明によって青空や夕焼け、星空などを演出した。プロセミアムアーチという構造で当時の最先端の技術だったらしい。舞台にレールが敷設されていて右袖に通じ、大きな台車に次の幕の舞台がセットされた。一幕目の出し物が終わり、しばらくして幕が上がるとライトテーブルの階段が用意されていて、踊り子たちが歌いながら降りてくると同時にさまざまな色の光が乱舞する。観客はその光景に目を奪われ、やがて踊り子たちは舞台前列に並んで腕を組み、ラインダンスが、カチャッ、カチャッ、という靴音と、エイッ、ヤッのかけ声とともに始まると場内は騒然となり、口笛や嬌声が乱れ飛んだ。その光景を幼かった那津夫は見ていた。小さめの浅草国際劇場や有楽町日劇が引っ越ししてきたようなものだ。実際にＳＫＤのラインダンスや淡谷のり子、藤山一郎、岡晴夫、田端義夫など有名歌手のショー、いろんな劇団の演劇、芝居、楽団演奏会、落語や手品など色物も多く催された。ショーのあとは天井から大型スクリーンが降りてきて映画が上映された。当時は電力事情が悪く

吉田劇場落成開場ポスター

停電が多かったから自前の発電装置も備えていた。

終戦からわずか一年半しかたっていないときに、どうしてこのようなことが起こり得たかについてはいろいろ考えてみても不明な点だらけなのだが、劇場を作った主はともあれ那津夫の祖父だったのである。

柿落《こけらお》としには、演劇、踊り、マジックなどと、最大の出し物として当代一の人気歌手、東海林太郎の歌謡ショーが行われた。総合司会を西村小楽天という第一人者が務めている。観客を前にしたステージ上で、関係者とともに東海林太郎の隣で挨拶をする那津夫の祖父、京平の高揚した表情の五十代の写真が残っている。開場のあとも続々と驚くほどの催しは続いたようだ。

東京の多くの劇場、芝居小屋は空襲で焼けてしまい、それに食糧事情も悪かった。京平は戦時中買い取っていた料理旅館に料理人を雇って来演者をもてなした。越後吉田へ行ったら白いご飯に新鮮な魚菜が食べられ日本酒も飲めるというので、東京から一流の芸能人たちがやってきた。中には長期滞在していた芸人もあったようで、柳家三亀松という芸人はしばらく居ついて、気分が乗ったら舞台に上がってやるなどといったふうだったそうだ。「どうせここいらの客に聞かせてもわからないだろうからもったいないがまあやるか、イヨッ」などと三味線を爪弾いて艶っぽい新内、都々逸を聞かせるのだが、しょっちゅう観客とけんかになりカエレコールを浴びせられて平気な顔をしていたなんて話も残っている。

特筆すべきは歌舞伎の六代目菊五郎一座公演だろう。晩年の六代目は梅幸、松緑をしたがえ特別列車で全国巡業をやった。一座を吉劇に迎えることになり、京平は非常に張り切って、ひのきの舞台を総カンナがけをし特別にもてなした。両脇を付き人に抱えられ、足腰も弱っていた菊五郎だったが劇場と舞台に感激し、「今日の舞台はしっかりと見ておくように」と一座中に指示したそうである。前席には新潟から列車でやってきた芸者衆がズラリと並んで花をそえ、晩年の菊五郎の最後の大舞台は行われた。「娘道成寺の踊りは全盛期のものと変わらず見事でした」と客席の千代子夫人も思わず涙したそうだ。そのときの吉田劇場での菊五郎一座の公演については松竹百年史の尾上菊五郎の章に記されており、千代子夫人の回想記などにもある。

後年のことだが、那津夫の母がかなり遠くの城下町へ出かけたおり、老齢の紳士と話す機会があり「どちらからいらっしゃった」と聞かれ「吉田からです」と答えると、紳士は「吉田から……私は吉田へ行ったことがある。そこで六代目菊五郎の踊りを確かに見た」とはるか昔を懐かしむように語ったそうだ。

六代目菊五郎は京平のもてなしを喜んだが、しかし京平と菊五郎の感性にはだいぶ齟齬があったようだ。人力車による「御練り」や、京平がわざわざ日本橋三越から取り寄せたベッドを「私はイヤだよ」と菊五郎は断った。そのベッドは未使用のまま解体され物置にホコリをかぶってしまわれていたが、那津夫は中学生のときに発見してそれをもらい、自分の四畳半の部屋いっぱいに組み立ててその上で暮らしていた。

昭和二十七年ごろ、まだ十代で人気絶頂となった美空ひばりは全国縦断コンサートを企画した。各都道府県一カ所くらいの予定だったようだ。県内では当初興行側は新潟市公会堂大ホールを計画したが、ひばり本人が「新潟では吉田劇場で歌いたい」と譲らなく、キャパシティーの問題を一日二回の公演を三公演やるということで解決しステージは実現した。こんな裏事情を当時を知る人から聞いていた。なぜ美空ひばりがそうまでして吉劇にこだわったのか、どうして少女歌手の耳に田舎の「娯楽の殿堂吉田劇場」の噂が届いていたかについては今となっては知る由もないが、可能性は考えられなくもない。

戦後すぐにあらわれた川田晴久というボードビリアンがいた。「あきれたぼういず」というコミックバンドを率いて、「地球の上に朝がきたー～その裏側は夜だろう～」などとうたって舞台をハシャギまわって大人気となった。幼くして大人びた歌を上手に歌うひばりは批判されたりしたのだが、川田晴久は彼女の歌と芸の才能をいち早く認めかわいがりアメリカへの慰問巡業に連れていったりしている。ひばりも川田を唯一の師匠と慕っていた。その川田晴久は吉劇が気に入っていたようで、幾度も公演をして劇場のスタッフとも親しくつきあってくれていた。そこからひばりの耳に届いていただろうということは考えられる。

もう一つの可能性もある。時代劇スター高田浩吉も一座を組んでしばしば吉劇で公演をやっている。中に特攻隊帰りだった若い座員がいて、見た目には主役の高田浩吉よりも格好がいい。観客は高田浩吉そっちのけで、日を追うごとに「ツルタを出せ〜」という声が上がり始め、鶴田浩二は吉劇の人気者になったそうだ。それからすぐ鶴田は映画で美空ひばりの相手役に起用されてスターになっていった。「俺たちの見る眼は高かった」と吉劇関係者やファンは自慢気に話していた。ちなみに鶴田浩二という芸名は師匠の高田浩吉から二文字もらったものだという。

吉田劇場で歌う美空ひばり（昭和27年ごろ）

いろんな事情がありながら、美空ひばりの公演は実現した。それは話題を呼び、終日吉田駅へ到着する列車から人が吐き出され、数十台の貸し切りバスが町のあちこちにひしめき合った。

小学校へ入りたての坊やだった那津夫少年は、劇場の中の事務室、舞台裏、二階の楽屋へでもどこへでも自由に入り込めた。ひばりの公演当日、まわりはお祭り気分となっていて、彼は家でじっとしてはいられなかった。舞台の袖に入り込んで興味津々と見ていたら小柄なおばさんがひばりの衣装を点検していた。出番となったひばりは一つ深呼吸してラメ入りのキラキラしたブルーグレーのドレスのおなかをポンと叩いた。「ガバッ」と大きな音がして黒い暗幕のすきまから光の中のステージへ、両手を広げて歩み出た。万来の拍手の中、おばさんは「ひばりちゃん、ひばりちゃん、もう少しマイクを下げて……」と小声で指示をした。ひばりは袖のほうのおばさんの動作を見返し指示どおりにした。

「そうそう、落ち着いて落ち着いて」

ショーは熱狂の渦の中に終了した。彼は一卵性母娘と言われたステージママとひばりのやり取りをかたわらで見て覚えている。ショーの終わりに、まだ保育園児だった彼の妹圭子が振り袖を着せられて登壇し花束を渡した。ひばりは「ありがとう」と握手してくれた。ショーの終了後、妹は「ひばりちゃんに握手してもらった手ね」と幾人もの人から握手を求められていたようだ。

その後も雪村いずみ、島倉千代子、ザ・ピーナッツ、ペギー葉山、春日八郎、三波春夫、狂乱のウェスタン・カーニバルなど人気芸能人の公演は続き、昭和三十年代中ごろＮＨＫ紅白歌合戦をＴＶで見ていた祖母のセキは「こん中でも吉劇に来ていないのは誰と誰くらいのもんで、あとはみな来た」などと言っていた。

このような経緯で那津夫は物心ついたばかりの幼少期、またそれ以前から劇場へ連れていかれていたので、よくある「最初に見た映画は何ですか？」という質問に答えるのはなかなか難しい。

吉田劇場での女性歌手の歌謡ショー

有名な映画のシーンはいくつも瞼の底にあって、歌や音楽も耳に残っている。たとえば「風と共に去りぬ」の火事のシーン、「地上最大のショウ」の空中ブランコ、「紀元前百万年」の溶岩流のシーン、「キングコング」摩天楼の飛行機との闘い、「腰抜け二挺拳銃」バッテンボー、「白雪姫」ビビデバビデブー、「ターザンの雄叫び」、そしてなぜか「大砂塵」のジャニー・ギター。主演女優のジョーン・クロフォードが馬小屋のわらの中で横たわっている姿の大写しなどもあり、これは印象が入り交じっているかもしれない……とにかくそんな残像はとりとめもなくあるのだけれど、白い軍服に日除けのついた帽子をかぶった外国人二、三人が、ただただ白い砂漠をさまよっているシーンが妙に脳裏に焼きついていて、調べてみたらイギリス映画

「四枚の羽根」というものらしい。これが最初の記憶なのかもしれない、きっとそうに違いない。そうでなければ、竹脇昌作の声とともにあらわれる「パラマウントニュース」のそびえ立つ岩山を星が取りまくタイトル映像かもしれない。彼はこのアナウンサーは日本語の上手な外国人だと思っていた。

日本映画もけっこう見ている。大河内傳次郎「丹下左膳」の高笑い、嵐寛寿郎「鞍馬天狗」の頭巾姿のくぐもったセリフまわしなんかを顔じゅう手ぬぐいでしばりつけてまねた。片岡千恵蔵「七つの顔を持つ男」や市川右太衛門「旗本退屈男」の口調もまねて遊んだ。自分ではよく似ていると思っていて成り切って遊んでいた。溝口健二「山椒大夫」、木下恵介「二十四の瞳」、他には「女中ッ子」や「しいのみ学園」「黄色いカラス」、ダービー馬トキノミノルをモデルにした「幻の馬」なんかも記憶にあるが、ほとんどの映画はワンシーンについての印象はあるものの全体を覚えているものはない。

出雲崎

電車は出雲崎駅に到着した。「ここの街も丘の向こうにあって、佐渡島をのぞむ海岸の狭い土地に妻入りの家が北国街道の両側に並ぶふんどし町で、北前船と佐渡金山の受け渡し港として栄えたんだ。良寛はここの橘屋という庄屋の家に生まれたんだ」と遼子に説明しようと思ったが、取りつく島もなさそうなので止めた。仮に説明したところで、「知ってる」とにべなく返されるのがオチだろう。

「奥の細道」の旅に出た芭蕉は、東北地方をめぐって帰りを日本海に沿って北陸道を西へ向かった。出羽から越後へ入るとなぜか急ぎ足になって、あたりの景色を愛でるまもなく通り過ぎるようにしてここ出雲崎でようやく足どりも落ち着き、宿で有名な句を詠んでいる。

荒海や佐渡によこたふ天の川

ところで北陸道の通行は、芭蕉のそれとは逆で、古来より圧倒的に西国から北国へ向かう故事が多い。越後、古くは高志の国への大和勢力の進出は、それほど早くからではなかったようだ。それ以前には縄文期、信濃川沿いの高台に集落が多くあり、独特な形態の火焔《かえん》式土器に代表される文化圏が築かれていた。角田山中腹の遺跡からは石器時代、ユーラシア大陸沿海州との交流を示す出土品も発見されている。弥生式時代に入り、大陸から朝鮮半島を経て稲作文化や、金属を求めてやってきた山の民など、総称してエミシと言っていいと思うが、いろんな勢力、たとえば物部のような集団も入ってきて同化しているのではないだろうか。オオクニヌシの出雲系勢力も日本海沿いに進出してクニを作るほどの勢力を持っていたようである。

古墳時代に入るとようやく歴史上に越の国があらわれる。古事記の中の誉田別命《ほむたわけのみこと》の記載で、大和からあちこちめぐって越の国、和波の水門まで白鳥を追いかけて捕らえたという解釈もあるが、これは神話に近い記述であって確証はない。注目するのは崇神《すじん》天皇記における四道《しどう》将軍の派遣だと思う。この記述についても信ぴょう性は疑われているようだが、重要な事柄が秘められているように思う。

四道将軍とは、第十代崇神天皇が大和政権の勢力拡大、安定のため東西南北に遠征部隊を遣ったというもので、西の西国道へは吉備津彦命《きびつひこのみこと》、丹波道主命《たんばのみちぬしのみこと》を丹波へ、そして東海十二道へは武渟川別命《たけぬなかわわけのみこと》を遣わし、北国道へは大彦命《おおびこのみこと》を遣わしている。大彦命は崇神天皇の伯父にあたり、一番強力な将軍である。なぜその大彦命を北国道へ向けたのだろうか、そこには最も強力な対抗勢力があったからに他ならないだろう。

最大の敵は出雲勢力だったのではないだろうか、越後、上越地方には翡翠にまつわる大国主《おおくにぬしの》命《みこと》と奴奈川姫《ぬなかわひめ》、その二人の子である諏訪の建御名方命《たけみなかたのみこと》の伝承もあり、弥彦山周辺にも間瀬《ませ》の出雲系勢力と弥彦大神との争いの記述もどこかで見たような覚えがある。

大彦命は遠征を進め大和の勢力を拡大し、越後に至る。そして阿賀野川をさかのぼり会津の地で、東国道からやってきた息子、武渟川別命と会ったと記されている。この大彦命の遠征によって大和政権の勢力圏は越の国、阿賀野川以南において確立されたのではないだろうか。

日本海側における古代史研究はだいぶ後れているようで、ほとんどがいまだに闇の中にある。大彦命と古四王《こしおう》との繋がり、そして弥彦大神との関係……すべてが謎だ。だからこそ自由勝手に想像できておもしろいのかもしれない。

日本書紀の斉明天皇紀には、大彦命の子孫とされる阿倍比羅夫《あべのひらふ》が、齶田《あぎた》・渟代《ぬしろ》の蝦夷《えみし》や津軽氏などの反抗に対し、鎮圧のため越の海の沖を一八〇隻の軍船を率いて急行するという記述がある。阿倍比羅夫は越の守《かみ》も務めていたからそれほどの大船団を支配していたとなれば、越後にもかなりの津（港）があり船が行き交っていたと想像できる。比羅夫はその後、朝鮮半島での唐・新羅軍との白村江の戦いにも第三後方将軍として、百数十隻を率いて赴き、戦は大敗したが大宰府に帰還するとある。

近年、角田山西側面に前方後円墳が発見された。佐渡島を望む日本海に面して、足下に田畑などの領地は見当らない。日本海側で海に面した古墳としては最北に位置するという。尾根の突破にある場所まで山道を二〇〇メートルほど登ってみると、眼下には北方へ広がる海と、右手には蒲原の陸地を信濃川と阿賀野川の流れが望める。遥かな時代には壮大な海や蒲原の川や湖や潟を舟が行交っていたと想像できる。海と陸と川を支配したこの古墳の主は誰なのか……。

大和の国で発掘された墓誌などで存在が立証されている越後城の場所がいまだ確定されていな

い。それはこの蒲原のどこかに必ずあるはずである。あ、謎は増々深まるばかりだ。

律令時代になって大和政権の支配ははっきりとしてきて、奈良・平城京からの北陸道における人物、物資の往来などが確認されてくる。その後大和政権の支配は出羽、秋田、津軽、蝦夷地へと、北へ進展していく。

万葉集を編集したとされる大伴家持は、越中守として大和から越中の国へ赴任している。「山椒大夫」や「八百比久尼」の伝承もあるように、平安期の日本海や北陸道でも広い交流はあったことが想像できる。京の都を荒らしまわり源頼光と四天王によって大江山で成敗された酒呑童子《しゅてんどうじ》や、ヌエ退治で有名で平治の乱のあと、宇治で戦死した源三位頼政と菖蒲《あやめ》御前の逸話なども蒲原の地に残っている。

鎌倉時代、将軍源頼朝に追われた義経は、弁慶らの家来衆とともに奥州平泉を目指して北陸道を下った。山伏姿に変装し、陸路やときには海路も使って平泉へ落ち延びる。苦難の旅の様子は舞台、映画、TVとさまざまに脚色され物語として今に残る。弁慶の舟隠し、腰かけの松、手掘りの井戸等、弁慶と義経がセットになって主従関係の麗しさを語り継いでいる。戦国時代になると、戦に敗れた戦国大名の家臣などが北陸道や信濃川、日本海を伝って落ち延びてきている。武田信玄に追われた信濃の武将、そして織田に追われた武田の家臣たち、また小谷城で滅亡した浅井家の家臣などさまざまあったようだ。

以前、那津夫のアトリエがあった越前浜も名前のとおり越前から落ち延びてきた人たちによって開かれた村だった。村にはこんな言い伝えがある。越前の戦国大名朝倉義景には仏門に預けていた末子、愛王丸があった。織田軍に攻められ滅亡寸前、家臣の一人の武将は愛王丸を寺から救いだし、わが子を身代わりとして差し出し、その子は断首されて織田軍の追及はやんだ。残った残党は愛王丸を守り逃亡の旅に出た。幾人かの武将を先達として身をひそめながら日本海を北上し、佐渡島を対岸にのぞむ砂丘の荒地にたどりつき村を築いた。村は当初から三〇〇戸ほどあり、現在もほとんど変わらず固い結束を守ってきた。武家の村らしく直線道路はなく、道や屋敷に沿って鍵型に折れ曲がっている。村の中心に西遊寺という浄土真宗の寺があり、村のほとんどが檀家で住職は今も代々朝倉姓である。

以前、彼の浜のアトリエに海好きの友人が泊りがけで遊びに来たことがあった。夕刻から酒盛りを始め、話は越前浜の由来に及んだ。那律夫が「この村はそんなわけだから、夜になると時折ガチャ、ガチャと鎧、摺れ合う音がしてくる。窓の外を眺めると、街灯の下の通りを落武者たちが行列していることがある……」と話すと、その友人は急に真顔になって「ホントかい?」とたずねてきた。それから彼はときどき遊びに来ても、「車だから」と酒盛りはせずに明るいうちに帰っていくようになった。

逃れてきた人々は国内だけにとどまらない。故事の記録には古代から朝鮮半島から漂着した人たちの記載もあるが、国上山の麓の集落に「新羅王の墓」なるものがある。鎌倉時代、朝鮮半島から逃れてきて幕府に庇護を求めたが、大陸や半島の情勢でこの地に止め置かれ、そのまま村に住まうこととなり没したようである。

このように悲しい物語が多く残されている越後や佐渡だが、大和勢力にとって最北の領地で蝦夷との境界であり、南東は山に囲まれ、西へつながるわずかな陸路には「親不知」という天然の関所がある流刑地だったということだろう。奈良時代に越後と佐渡は遠流の国と指定されている。とりわけ佐渡島へは時の権力者から疎まれた者たちが多く流刑となった。奈良時代の皇族、役人。平安時代の源氏の武将や僧侶。そして鎌倉時代に入り、承久の乱に破れた順徳天皇、日蓮上人、歌人京極為兼、正中の変の日野資朝《すけとも》、能楽の世阿弥……と枚挙にいとまがない。越後へは鎌倉時代の僧、親鸞が直江津あたりに流されたが、越後のあちこちに広く出歩いて布教し各地で奇蹟を起こし越後の七不思議として残っている。

流刑された人々の多くはそこで没したが帰還を果たし再起した者もある。わずかに希望がともる場所だったのだ。

ここから軍を率いて京へ攻め上った者はというと、平安末期の乱世に信濃国より北陸道を経て倶利伽羅峠で平氏軍に勝利して京へ乱入した朝日将軍、木曽義仲の他にない。戦国の世、越後を統一した上杉謙信も加賀の国南部まで軍を進め手取川で織田軍に勝利したが、その先へは軍を進められなかった。

そして北越後蒲原は、中世より信濃川下流域の湿地帯が開拓されて広大な平野となった土地だ。西国から新天地を求める人たちがやってきて、田んぼを作り、村や町を作った。おのおの集落はそれぞれ縁の神社を招聘し鎮守として建立、お寺を建てた。だから神社の数は今も全国一多いのだそうだ。そして東、西、南、北の蒲原郡に区分された。しかも中というものまであって五つの蒲原郡から成っている。

文化九年（一八一二）春、江戸永寿堂から出版された「北越奇談」という書物がある。著者 橘《たちばな》崑崙《こんろん》は三条の人と言われ、越後に伝わる奇妙な話などを集めている。その巻頭に「北越は水国なり、西北海広く東南坤に環りて山勢波濤のごとく聳えて……云々」と越後・北越の地勢を描写している。その北越の中心を成す平地が蒲原である。

この地の気候については、「雪国」であると言われるとおり、冬には大量の雪が積もり曇り空の日が続く。ただし蒲原はほとんどが平野部で海に近いこともあり、山間部ほど雪は積もらない。東京や関東平野の冬はからっとした青空が多いが、それとは真逆で曇天が続き湿り気が多い。日本海を渡って大陸から風が吹いてくると上空の雲は白、灰色、黒色とすさまじく入り乱れ、ときにぽっかり青空がのぞけたりすることもあるが、平地からも蒸気が立ち上がって上空の雲に合流して山々へ向かって進む。そのさまは雄壮で見る目を奪うが、連日となると閉口する。しかしいったん春が訪れたら花々はいっせいに咲き始めるのだ。

　ちなみに「北越奇談」の挿絵は葛飾北斎が描いているのだが、書中の蒲原の物語の北越雪中図を見て思い当たったことがある。雪中蓑笠《せっちゅうさりつ》を着た人を背に乗せた馬を描いたものなのだが、安藤広重が描いた浮世絵東海道五十三次の蒲原宿の絵と、どうも風情が共通しているように思えるのだ。勝手な推測をしてみると、広重の東海道五十三次にはいくつか不思議なところがあって、作者の想像、創作があるようだ。蒲原の宿でも、そこにだけ大量の雪を降らせている。太平洋岸と駿河国にあんなに雪は降らないはずだ。その風情は正しく雪国のもので冬の越後を思わせる。

　広重が越後へやってきたという足跡はない。ではどうして蒲原宿が雪中の絵であるかというと、おそらく広重は「蒲原」という言葉の連想から越後にも蒲原があることに発想を飛ばし、その風景を「北越奇談」の中に見つけ、作者の創作上の軽い演出からいただいたものと思われる。一方北斎は、北信濃にたびたび出かけていたので豪雪地の風情は知っていたであろう。安藤広重が葛飾北斎を軽く見てノリでちょいと拝借したものか、それとも尊敬していてのオマージュなのかはわからない。


　電車は小木ノ城という駅に停まる。近くに小高い城山があるのだが周辺に住宅も少ない小さな駅だ。那津夫にはオギノジョウとの妙な出会いがあった。

五十歳半ばをすぎて彼は初めてパリへ行った。海外旅行は初めて、飛行機に乗ったのも初めてだった。西洋絵画をやっていながらパリへ行ったことがないのには、美術の中心がパリ一極集中の時代から世界のあちらこちらに分散してしまった情勢があったし、飛行機に乗るのが怖かった。「パリへ行ってこいよ、金は出してやるから」と町の有力な後援者に何度か言われお茶を濁していたのだが、「君のパリの街を描いた絵がほしいなあ」と言われたら、覚悟を決めて飛行機に乗らざるを得なかった。それで冬の終わりの三週間、安ホテルに宿泊し、足とメトロで主に下町や裏通りを歩いて「ユトリロごっこ」のような体験をした。帰国してその資料をもとにかなりの枚数の絵を描き、展覧会を開いて支援者に絵を納めた。マレ地区の通りの壁面に光と陰が交差した絵が気に入ってくれたようだった。

モンパルナス近くの裏通りを歩いていたときに、操り人形のような形をしたおもしろい広告塔にひかれ、指示どおりに行くとマルシェとは違う常設市場があった。入るとステンレスの平台に魚介が並び、その奥でセリをやっていた。市民が魚を買い求め隅のほうの調理場に並んで下処理をしてもらっている。主にカレイ、オヒョウなどの白身魚で、フィレにしてもらってアパルトマンへ持ち帰り、香辛料を振ってバターたっぷりのムニエルにして白ワインとともに食べるのだろう。パリの庶民の生活がうかがい知れるようだった。さらに興味深かったのは、プロレスラー並みのがたいの女性がマイク片手にセリを仕切っていた。声音は日本と同様のダミ声で、早口の口調も同じ、まるでラップを聞いているようだった。

平台の上の魚介はどうやら値段順に並べられているようで、まずオマール海老があり、ついで車海老、ブラックタイガーなどと並んでいる中に何やら見覚えのある小魚のひと山があった。かなり堂々とした位置である。白い魚体に赤いマダラ模様の入った、ちょうど錦鯉の幼魚のような……。

「あれっ、オギノジョーじゃないの」喉から声が出かかった。

「こんなところでお目にかかれるとは……」

じっくり見直したが間違いない。彼の地元ではオギノジョー、またはヤヒコヤマと呼ばれる魚である。春先の短い期間、ひと皿、二、三〇〇円で山盛りされる安魚で、とてもパリの市場のラウンウェイに並ぶシロモノとは予想できなかった。小骨が多く、カラ揚げにして食べるしかない雑魚だと思っていたので不意をつかれた。

オギノジョーとヤヒコヤマの異なった名前を持っているわけは、弥彦山の山陰の海でとれるのがヤヒコヤマで、小木ノ城の山陰の海でとれるのがオギノジョーなのだと聞いていた。同じ魚である。他の場所でもそれぞれにその呼び名はついているんだろうか。

それにしても花の都パリの大舞台に立っていたとはお見それいたしました。パリでは何と呼ばれているのだろうか、「モンブラン」とか「サン・ビクトワール」とか。日本でも地域ごとに細かいところで違いがあったりする。

だいぶ前のことだが東京の友人たちが那津夫を訪ねきて夏の海で遊んだことがあった。都会育ちの彼らは初めての日本海がとても気に入ったようだった。昼食に小さな食堂に入ったとき、壁のメニューに「ネズリ煮つけ」というのがあった。一人が「えっ、ここいらではネズミを食べるの?」と聞いてきた。

「ネズリはネズミではなくカレイの細くなったようなヤツで、煮つけでしか食べないような魚だけどうまいよ」

食べてみた彼は納得していた。

この魚もたくさんとれている。ヒラメやカレイに比べたら安い魚である。都会のフランス料理店などでは舌平目のムニエルとして高級な一品料理として扱われていた。それから時がたってこのあたりの魚屋でもネズリは舌平目と表記が変わり、大きなものは高価な魚となっていった。

カスベという名の魚もよく魚店やスーパーに並ぶ。エイのヒレの部分のことだが皮をむいて一皿に盛られて売られている。寺泊の売り子のオバチャンから聞いたのだが、

「フランス人がカスベを見つけるとねえ、大喜びして大量に買っていくよ、どうやって食べるのって聞いたらムニエルだって、フランスじゃあ高級なんだってよ」

洋の東西ということになれば当然で、違いにびっくりすることもあれば、同じだなあと思うこ

ともある。魚と一緒に皮を剝がされ針金でくくられた蛙の足も並んでいた。その隣の市場の半分は、キレイな花売り場になっていた。ところ変わればいろいろとおもしろいことがあるもんだ。

柏崎・刈羽

「ここが昭和の今太閤、田中角栄の生まれた町だよ」

西山駅で那津夫が言うと、

「ああ、そおー、ここなの」

ようやく遼子から少し返事がきた。

東西を丘陵に挟まれた里山の小さな田舎町に生まれた角栄少年は、蒸気機関車を見に来るのが好きだったそうで、この西山駅の駅員になりたかったとか。「駅員になったらよかったのになあ、そうすれば列島も改造せずにすんで日本はもっとマシな国になっていたかもしれないし、それとも損失だっただろうか……結局どうなんだろうねえ」などと言うセリフが喉から出かかったが、座席の空気をより悪くするといけないので止めた。

西山駅を出て刈羽駅へ近づいてきた。このあたりは黒松の防風林に覆われた丘陵地で、向こうには日本海に面した柏崎刈羽原子力発電所がある。世界最大級出力の原発だ。松林の上にそびえ立って鉄塔が見え隠れする。反対側の丘陵へ向かって送電線が走っている。

少し説明を始めたら遼子はグーッと身を起こし窓の外へ目を凝らした。「アナタの愚にもつかない情緒的な説明はどうでもいいので、私はこのようなはっきりした現実を目にしたいの……」と言われているようで、それ以上は黙って窓の外を見つめるだけにした。

険悪な空気が溶け切らないまま、電車はようやく越後線終点の柏崎に到着した。

信越線への乗り換えまでだいぶ時間があるので改札を出て駅前を一巡してみる。街はわりとキレイに整備されているが人影はまばらで活気がない。どこの地方都市にも見られるようなシャッター商店街とは違うようだが、少々異なるさびしさが感じられるのは気のせいだろうか。何か明るいようだが明るくないのだ。

彼女の気配はまだ依然として厳しい。それでも旅は北陸道に沿って西へ進んでいることは確かだ。


柏崎から丘陵の峠を越えたら長岡である。

明治維新の引き金となった戊辰戦争では、越後の地も戦場になった。北越戦争だ。長岡藩は武装中立を目指したが、かなわず、家老河井継之助を中心として官軍と戦い、奮戦したものの敗北していった経緯はよく知られているが、その最中にはあまり知られていない騒動があり、那津夫本人にまでつながっているやもしれぬ出来事があった。

　北越戦争で官軍は、柏崎からも海と陸と両方から集結し、陣屋を張って長岡へ侵攻した。その戦いの中で、蒲原の長岡藩領の困窮した百姓たちが蜂起し一揆を起こしている。

　一揆は曽根、巻の代官所を襲い、ついで吉田の豪商今田家、庄屋冨所家と米問屋加賀屋を襲った。今田、冨所は家屋も備えも厳重で、門や塀の鎌跡を残された程度だったが、加賀屋は打ちこわされて廃業となってしまう。騒動は長岡から駆けつけた侍たちによって鎮圧され、首謀者は捕らえられて数人が斬首されている。

　今田家は、米、相場、金融など幅広く商い、信濃川の分流、西川の水運交易で財を成して流域一帯の支配者となっていた。屋号は近江屋、主人は代々孫兵衛を名乗っていた。

　戦国時代は近江の浅井家の家臣だったが、小谷城で織田信長によって落城のあと、越後へ逃れ、多宝山麓の天神山城小国《おぐに》氏の食客となり、小国氏の移封とともに刀を捨てて、吉田の地へきて商人となって商才を発揮し地位を築いたのである。江戸後期には財政悪化に苦しんでいた領主長岡藩に多額の金を用立てたり、財政立て直しに尽力して士分を与えられている。戊辰戦争では、戦費調達を命じられ、かなり強引な年貢取り立てもしたようだ。河井継之助が使ったとされるガトリング砲や、西洋式軍備の調達に働いた。長岡藩敗北後、官軍は隠し財産の有無を捜しに今田家に来たが、孫兵衛は商人であると取りつぶしは免れた。その後には官軍側に多額の献金をしている。

江戸時代に、那津夫たちの先祖は加賀から越後へ渡ってきたと言われているのだが、背中に天神様の木像を背負って吉田の地まで至り、豪商の今田家に草履を脱いだのだと身内の間では伝わっている。使用人として働いて何年かたって独立を許され、そのつながりのもとで「加賀屋」の屋号で店を出したのである。たぶん三代目加賀の京治が、戊辰のころには「加賀屋」の看板を出していたと思われる。初代、二代目と今田屋の年貢取立ての仕事に携っていただろうが、どのような役割りで立ちまわっていたかについてはわからない。「加賀屋」が打ちこわしの一つとされたからには、重要な仕事を担っていたには相違ない。那津夫の祖父は加賀屋創設から五代目にあたるのだが、初代から三代までは京治を名乗っていた。戊辰の一揆で打ちこわされたあと、加賀屋はのちに「加京」と屋号を変え、米商いを再開できた。町内では加賀の京治「加京さ」と呼ばれて今に続いている。

越後のかなりの地域の大店では、家内神として天神様を祀る習慣があったようで、今田家でも当初は庭に祀《ほこら》を建ててお祀りしていた。それを明治になって、京都から富岡鉄斎を招聘し吉田天満宮縁起を描かせている。その絵は今も扁額《へんがく》となって残っているが、内容は加賀の初代京治が背負って山越えしてきたものではなく、野原を流れる小川で遊んでいた子どもたちが川上から流れてきた天神様を拾ったというよくある話になっている。だいたい縁起物などというものはその類いが多い気がする。

今田家は天神様をたいそうあがめ奉って、その後屋敷のそばに社殿を建て、庭を造り境内を塀で囲い神社として祀った。豪商としての手配もあり、香具師などを手厚くもてなしたので、五月二十五日の例大祭には二百店あまりの露天商や植木屋が立ち並び、近郷に知られた祭りとなって三万人あまりの人出で混雑する。現在は町内に天神祭協賛会が設立されて管理運営されている。そのようなことから今でも町内では今田家をあがめ、今田様と様つきで呼びならわしている。

蒲原あたりの町内では、家々は屋号で呼びならわされていて今に残っている。

蒲原においてほぼ城下町と言えるものはなかった。江戸幕府はこの地を一藩にまとめることをせず細く分割し、隣同士でけん制、反目し合うようにしむけた。各藩は代官所などを置き領民を治めた。したがって士族はほぼおらずほとんどは平民であった。それでもインドのカースト制ほどではないが、階級別の呼び名があり、庄屋、大店には「何何様」と敬称がつく。吉田には、庄屋冨所様、豪商今田様、他に幸寅様、杉山様、亀倉様……と、他にも二、三軒の様つきがあり、その下に「何何さ」という呼び名がある。京平の加賀屋は「加京さ」で、古くからの小地主、大店に多い。続いて「何何ろん」というのがあって小商いや職人の家についている。「ろん」とは「どん」のなまったものではないかと思われる。その下の雇われ人や小作農民は、定吉とか弥助とただの呼び捨てである。

那津夫の祖先、加賀の京治は加賀の国で何をやっていたのだろうか、本当に天神様を背負ってきたのか……本当のところは正直、わからない。

信越線の電車に乗り換え、柏崎駅を出発した。鯨波《くじらなみ》、笠島に至り海が見えてきた。夏の午前の澄んだ光が気持ちいい。このあたりの線路は海岸線に沿ってトンネルが多くなり、トンネルを出ると窓の下に砂浜や岩礁が点在している。海水浴客もポツポツといる。進路左手には標高一〇〇〇メートルほどの米山が眺められ、電車は防風林や雑木林をすり抜けながら、やがて頸城《くびき》平野へ入っていった。

長いプラットホーム

ようやく直江津駅に着いた。

改札で切符を渡し、次は「えちごトキメキ鉄道」の切符を買わなければならない。窓口で糸魚川駅までの切符を買って、その先は「あいの風とやま鉄道」に乗るように言われる。

「その切符はどうやって買うの？」

改札を出なくても、乗り換えのホームか車中で車掌から買ってくれとのこと。

そろそろお昼にさしかかってきたので、待合室の売店でおにぎり四つとパックに入ったミニサラダを買った。まったくとんだ昼飯になってしまった。

「私が持つわ」

と、遼子はビニール袋を離さない。

「えちごトキメキ鉄道」の富山方面への改札を入り、階段を下りたホームは異様に長い、はるか向こうまで続いている。高い屋根のついたホームの広い空間を歩きながら、「ああ、そうだった！」と、彼はあることを思いだした。

少年雑誌の付録の「ものしり図鑑」に新潟県の鉄道には三つの日本一があると出ていて、一つは上越線「清水トンネル」、そして白新線「阿賀野川鉄橋」、もう一つが北陸線「直江津駅のプラットホーム」。経営は変わってしまったが、そのまま残っていたんだ。ある種の感動を覚えた。周囲を眺めやりながらホームを歩きベンチに腰かけた。リュック姿の若者や、帰省する家族連れで混み合っている。外国人観光客も多い。

昭和四年、上越線の越後湯沢と群馬県水上の間に清水トンネルが開通し、越後と関東が一本に結ばれた。

祖父の若かりしころは、信越線で直江津を通り、信州長野、軽井沢とまわり、上州高崎へ出て、ようやく東京上野に着いた。

直江津駅は北陸線との分岐点で、関西、金沢方面への乗客も多かったのである。このプラットホームでの賑わいはさぞやだったろうとしのばれる。当時の越後は、経済、学術、文化面において京都、大阪の影響を強く受けていたが、その流れは清水トンネルによって、近くて早い東京へ方向を変えてなだれ込んだ。首都東京の発展とともに、越後の地はしだいにのみ込まれていき、エネルギー、物資、人材も東京へと送り込むことになったのである。

現在のJR山手線は十日町の信濃川水力発電所からの電気で走っているし、柏崎刈羽原子力発電所は、首都圏の需要のために東京電力によって建設されたものである。

信じられない数字がある。明治中期の国勢調査では、全国都道府県の人口は新潟県が第一位なのだ。日本の人口が約五〇〇〇万人強の時代において、新潟県はおよそ一六〇〇万人で、東京や兵庫大阪を上回っている。令和の東京は一〇倍に膨れ上がっているのに新潟県では一・五倍にも満たない。しかも近年は減少している。那津夫は、中学校を卒業した夜、集団就職で東京へ行く同級生たちの夜行列車を吉田駅に見送りに行ったことを思う。

一両のディーゼル車がホームにゆっくりゴトンゴトンと入ってきた。工事車両か試験車なのかなと見ていたら、これが正しく自分たちの乗るべき車両だった。気づいた乗客たちはわれ先に走り出し、長いプラットホームの行き止まりに停車した車両の扉に殺到した。

「もしかして、これに乗るんじゃない？」

遼子が早めに気づいて、膨らんだ行列のいい順番に並べた。あわただしく乗り込み、海側の座席が確保できたが、いっぱいの荷物を抱えた乗客が次々と乗り込んできてボックス席の間もギュウギュウ詰め状態で発車。

窓の景色は見え隠れするが、人と人の隙間がやっと空間がとれる状態で、コソコソとおにぎりを食べる羽目になってしまった。こうなってしまったからには、立派な手作り弁当をひろげるのははばかられる、売店のおにぎりをほおばるくらいでちょうどよかったかも……と思ったが、口に出しては言えない。押し黙って食べているうちに車両はトンネルに入り地下にあるホームに停車した。壁の表示は「筒石《つついし》」。

「あれれ、筒石駅は地下にもぐってしまったんだ」

那津夫は声に出した。暗い地下のホームに停まっていたディーゼル車の中で彼は思い出す。水上勉原作の小説『越後つついし親不知』をもとに、昭和三十年代に映画が作られた。舞台はもちろんこの筒石や親不知で、戦前から戦中の物語である。今井正が監督し、主演の佐久間良子は、前作「五番町夕霧楼」からこの作品を通して汚れ役を身体を張って演じ大女優となった。共演は小沢昭一、三國連太郎、他名優ぞろいだ。劇中、冬の泥田で佐久間が延々とせっかんされるシーンは強烈で、それと那津夫には越後なまりのセリフや、越後山間部の暮らし、蒲原地方の地主のありさまなど一つひとつ納得がいって、監督、演技陣ともにすごいものだと感銘を受けたのである。

そのうち糸魚川駅に着いたら乗客はだいぶ降りた。それでもまだ立ちっ放しの人はいる。ここからは「あいの風とやま鉄道」の路線だが、車両は同じそのままに進行、泊《とまり》駅まで行くらしい。期待していた親不知の景色も、トンネルを出たり入ったりして、どれがどこやらわからずじまい。早起きの疲れも出たか、忘れもののダメージが効いたのか、海と断崖との絶景も知らず、二人そろって眠っているうちに市振《いちぶり》をすぎていつの間にか県境を越えた。

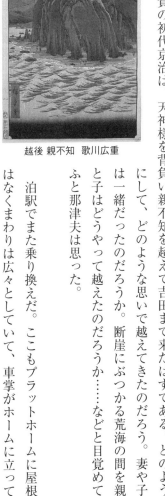

かつて加賀の初代京治は、天神様を背負い親不知を超えて吉田まで来たはずである。どのようにして、どのような思いで越えてきたのだろう。妻や子は一緒だったのだろうか。断崖にぶつかる荒海の間を親と子はどうやって越えたのだろうか……などと目覚めてふと那津夫は思った。

越後 親不知　歌川広重

泊駅でまた乗り換えだ。ここもプラットホームに屋根はなくまわりは広々としていて、車掌がホームに立っている。料金精算をして、ようやく金沢までの切符が買えた。

電車は数両の連結で、ゆったりと景色が眺められるようになった。左に立山連峰を遠望しつつ、砺波平野を走ると富山駅に着いた。ホームで電車を乗り換え、神通川を渡り、呉羽丘陵をすぎて、そうして倶利伽羅峠《くりからとうげ》を越えると、加賀の国金沢である。

ようやく三時半すぎに金沢駅にたどりついた。遼子は途中からあきらめの境地に達していたようで穏やかである。「絵描き風情の言うこと、することを真に受けていたらこんなことになる」。これまでの幾多の波風を鑑みると、慣れっこになっていたのかもしれない。

夕刻までに目的地に着けばいいので、まだ時間はあるしおなかもすいているようなそうでもないような、しっくりしない状態だったので、腰を落ち着かせる店を探した。珈琲の飲めるイタリアンとか気軽な和食がいいとか、二人の意見はふだんに増してまとまらない。投げやりな気分で古くからやっていそうな食堂に入った。妻は鯵フライ定食を、彼はラーメンにした。それがけっこう安くておいしかった。いつまでもむくれていてもしょうがないと思ったのか、ただ単におなかが満たされたからなのか、彼女の機嫌も直ったようだ。

金沢にて

四時半すぎ那津夫夫婦は聞善寺に到着した。一番のりだった。荷物を預けて散策して一時間ほどで戻ると、女性二人が来ていた。東京からの本隊は夜に寺に入るそうだ。彼らの知人が金沢でイタリアンレストランをやっているので、そこで夕食をすることになったらしい。

「近くで夕食してきます」

玄関から住職の母上ユミヨさんに声をかけると、

「あらあー、何もないけど近くで買っておいた魚が少しあるし、お酒はいっぱいあるよ」

女性二人も一緒に庫裡でごちそうになることになった。

「北陸新幹線ができてから、近江町市場がすっかり変わってしまって、地元の人には買えなくなったのよ、ズワイ蟹一匹が平気で二、三万するんだよ。私らは隣のデパートの地下売り場で、富山湾の氷見漁港の出店があるからそこで買います。新鮮だし安いし」

鮪や鯛や鯵の刺身、バイ貝の塩ゆでで、白身魚の煮つけ……加賀野菜の料理もどんどん出てくる。

明日はスライド上映会の終了後に、会費制の打ち上げ懇親会が加賀料理の居酒屋で予定されているのだが、一晩早くもう宴会は始まってしまった。酒は、石川の地酒「菊姫」「天狗舞」「万歳楽」などいろいろ並んでいる。

「ヘイちゃんがねえ、『手取川』が好きでねえ」

ユミヨさんは戸棚から一升瓶を取り出してきた。

「ヘイちゃん」は仲間の中心的人物の絵描きだが、十年前にがんで亡くなった。みんなで彼を偲んで静かに献杯をした。おいしく飲んで、食べて、しゃべって、遠慮気味だった遼子もすっかり打ち解けてハシャイでいる。どうやらすっかり機嫌は直ったようである。

二階の座敷に、数組の夏布団が用意されていて、彼はその一つに横になった。女性は別の座敷である。

翌朝目覚めると、顔見知りの五、六人の男が横で眠っていた。那津夫は寝間着をジーパンとTシャツに着替え、お寺の門を出て、朝風の涼しい浅野川の川岸を散歩した。せせらぎは細かく波を立てて白く光っていた。戻ってきてもまだみんなは布団の中、きっと昨晩のイタリアンレストランも大賑わいだったのだろう。

庫裡で順次、パンと珈琲、サラダとソーセージの朝食をいただきながら本日のスケジュールを決める。スライド上映は午後三時からだ。それまで原画展の行われている大野地区へみんなで出かけることにした。大野地区は市内からバスでほぼ四十分の距離にある。古い家屋が芸術村になっていて、工房やギャラリー、カフェ、醸造所などが集約されている。隣接の金沢漁港と一帯になっていて、近くに北前船で巨万の富を築いた銭屋五兵衛の記念館などもある。

出かける段になってバスの時刻を調べていると友人の一人がしきりとスマホで連絡を取り合っ

ていた。相手は彼の奥さんで藍染め作家のユキさん。今回、藍染めを展示している。

彼が那津夫と知り合いになったのは、工学部の大学院を出たてのころで、ニッチの研究をしていた。那津夫はニッチが何なのかよくわからないのだが、当時大学時代の仲間とニッチの会社を始めたと言っていた。ＩＴ関連のベンチャー企業で、あとに上場し今は取締役員だと聞いて、時代はいつの間にかこんなふうになっていたんだと改めて感じたのだった。

ユキさんが前夜は都合で来られなかったので、待ち合わせて大野地区まで一緒に行きたいというやり取りだった。彼女は聞善寺には来ずにみんなが乗るバスの「武蔵ヶ辻」の停留所で合流することになった。スマホの威力だ。細かなところまで行き届く。

すると教育評論家のカトさんが、

「へぇー、夫婦で武蔵ヶ辻での出会いかぁ、これはおもしろい、まず血を見ずには収まるまい、ここで逢うたが百年目、永年の怨み、思い知ったかー、なんてね。武蔵ヶ辻の決闘、始まり始まり？」

と軽口をたたく。

「そんなこと言わないの、アナタの家とは違うんだから」

女性の一人にたしなめられた。

武蔵ヶ辻のバス停で無事合流し、目的地に到着。和やかに展示作品を見てまわり、遅くとも二時半までには聞善寺に戻ることにして、みんなそれぞれにギャラリーで別れた。

那津夫夫婦は、醸造所を見たり、カフェで醬油アイスクリームを食べたりして、漁港の魚市場でお昼を食べることにした。そこで昨晩一緒に飲んだ女性二人とバッタリ会い、また一緒にお昼を食べることになった。

魚市場の簡単なテーブルの椅子に腰かけて刺身定食を頼んだら、水槽で泳いでいる魚をとり出しさばいてくれた。金沢の鯵の刺身は半身をプッツリ真二つに切って出してくる。昨晩のもそうだった。斜めに包丁を入れて身を通すようにはしない。鮮度が自慢の気風のよさだろうか、さすが加賀鳶の本場。

一時半、そろそろ帰らなければとバス停に行ったがバスがなかなかやってこない。あわて始めたころにようやくやってきた。しかし、ここは降車専用の停留所で、市内へ行くバスはすでに発車したという。

四人とも大あわてであれこれ方法を探していたら、運転手さんがいい人で、いろいろ便宜を図ってくれてギリギリにお寺に着けた。

「このバス停でいいんだ」と主張したのは那津夫だった。帰りのバスについて、ややこしい説明をギャラリー店主がしていたが確認しなかった。

「アナタがわかったようなふりして聞いていたから、確認しなくて大丈夫って言ったのに、いいんだよ、ここでって、もぉー、いい加減なんだから」

またもや妻の機嫌を損ねる事態を招いてしまった。同行の女性たちからもすっかりあきれられてしまった。

「だいたいいつも、こうなの」

遼子が言うと、女たちは妙に盛り上がった。例の忘れてきた弁当のことを話すに決まっている。

すでに寺の本堂ではスライド上映会の準備は仕上がっていて、おしゃべりヒョーキンなカトさんの司会、藍染め作家のユキさんの朗読で会は始まった。一般客も大勢来ている。林とし也の仕事はていねいで色も美しく、大胆な構図と相まって「ポラーノの広場」の奇妙な、かつ奥深い空間を描き出していた。

上映会が終わってサイン会や片づけもすんで、まだ明るさの残る金沢の街を駅前の打ち上げ会場まで、案内人を先頭にダラダラと流れていった。テーブルを囲み、初対面の人のために軽く自己紹介をまわして懇親会が始まった。

店の料理も酒も、すでに昨晩味わったものとあまり変わらなかったが、大変盛り上がった。ここでも刺身盛り合わせの鯵は真っ二つに切ってある。あっちでもこっちでも盛り上がっている中、ユミヨさんが言った

「ヘイちゃんもここにいたらよかったのにねえ」

みんな静かになって改めて「ヘイちゃん」のために杯をあげる。彼がこの場に集まっている人たちのつながりを作ってくれた中心人物だったのだ。

あるイラストレーター

那津夫と「ヘイちゃん」こと平原浩司は、林とし也とともに大学時代からのつきあいだった。いや、それ以前の浪人時代からの顔見知りだった。

大学を卒業して三十代後半から四十代、五十代と出版界やジャーナリズム方面で活動したイラストレーターだった。描写の腕が速かったので、いろんな分野で相当数の仕事を残している。年月を経るほどにメッセージ性の強いものが多くなり反体制、発言力の弱い側の声をイラスト化する仕事が多くなっていった。

彼の仕事場で夜中に酒盛りをやっていると、不意に出版社の若い社員がきて「明日の朝までにイラストお願いします」と言われれば、ちょっと不機嫌な顔はするものの二十分か三十分で仕上げていた。彼の仕事で最も世間に知られたのが、「チェルノブイリ原発事故」をいち早く描いて『風しもの村』という本にしたことだろう。その仕事によって、ある種カリスマ的に見られている面があるかもしれない。しかし彼が正義をかざす聖人君子ではないどころか、相当ハチャメチャな人物だったってことは古くからの友人はたいがい知っている。そのあたりの話を、彼を世に出した一人、出版社社長菊田さん、メンバーの会長コーシンさん、それにユミヨさんや同席の女性たちも昔の「へイちゃん」を知りたがっている。聞かれた那津夫は酒の勢いもあって話し出した。

「へイちゃん」は学生時代は相撲部で、学内を浴衣の着流しで歩いていた。昔の蔵前国技館や靖國神社で相撲を取った話や、当時まだ日大の大学生だったあとの横綱輪島と対戦したとかしなかったとか。

卒業と同時に有名アパレルメーカーの専属イラストレーターになって、おしゃれなファッションでパリへ渡り、一六区の高級アパルトマンで暮らしていたこと。当初は幻想的な細密な絵を描いていたが、パリが気に入って仕事をせずにあちこち街を歩きまわってばかりいて、一枚の絵も納めずにクビになり、パリからイスタンブールまでオリエント急行に乗り、さらにバスでインドまで来て海路日本へ戻ってきた。途中カイバル峠を越えてアフガニスタンに入り、羊飼いと相撲を取って投げ飛ばされたそうだ。遊牧民は上半身の力が恐ろしく強い。横浜に着いたときには、ほとんどヒッピー姿に変身してしまっていた。ちなみにそのアパレルメーカーはほどなく倒産してしまった。

その後東京で制作活動をしていたが、ソビエト連邦と日本との文化交流事業の一環である文学者訪問団に潜り込んで、彼の地においてウオッカをめぐってひんしゅくを買う振る舞いも起こしたらしい。しばらくしてベルリンの壁が崩壊し、ソビエト連邦は解体した。国はロシアに変わっても交流は続いていて、チェルノブイリへ行く機会があったようだ。数回訪れ村の人たちとも交流して画文集にしている。

彼はチェルノブイリにおいて、原発の非居住地域に残って暮らしている「サマショーロ」と呼ばれる年配の人たちと生活をともにして、同じ水を飲み、食物を食している。そのことと彼の病気との関連を周囲は疑ったが、「それは絶対にない！」と彼はガンとして言い張った。真相のほどはわからない。

彼は、いくつか表現方法の変遷を余儀なくされている。もちろんそのときどきにおいて感じ方、考え方が変わっていったんだろう。そうであったとしても瞬間瞬間を感じる自分自身には素直で、それにしたがって仕事を重ねていたのではないだろうか。絵描きの宿命として自分の腕に忠実であったと言える。

「なあ、とし也さん、彼は海外でもあちらこちらでけっこうなことしでかしているよなあ、女性関係においても……」

林に話の矛先を向けると、

「ムフフフフ……」

杯を手にしたまま笑って答えない。那津夫の隣に座っているセッちゃんはヘイちゃんの未亡人で、昨晩も一緒に飲んでいたのだけれど、旦那の残したチェルノブイリに関する原画などを管理し、全国からの要請に応じ貸し出したりする仕事を担っている。「あっ、いかん、話をだいぶ盛りすぎてしまった」と那津夫は思ったがあとの祭りである。

平原は二〇一一年の「三・一一」をもし生きていたら現場へ行っただろう。三陸海岸、フクシマ……どんな絵を描いただろうなど話題はつきず、十時をまわったころに居酒屋を出て聞善寺に戻った。

「はい、『菊姫』も『手取川』もありますよ」

と、ユミヨさん。手土産の日本酒やワインも並んで二次会だ。

「私はビールで」

若い住職も、缶ビールを数本抱えて参加してきた。

遼子はかなり酔っていたが意気軒昂である。那津夫はほどなくスタミナ切れで、失礼して布団に潜り込み白河夜船。宴はまたしても日をまたいで続いたようだ。

「僕の夢」と再会

翌朝みんなゾロゾロと起きてきて、朝食をいただき珈琲を飲みながら、これからの予定について話し合った。すぐに東京へ戻る人、夜までに帰ればいい人、おのおの都合でその場で挨拶をして別れる人もいた。那津夫たちはその日のうちに戻ればいい、帰りのルートも高速バスを富山で乗り継げるという情報を得て十分時間が取れることになった。残った八人で金沢かいわいを見学することにした。那津夫が街のポスターで見かけた県立美術館の鴨居玲展の話をすると、みんな行きたいと言う。二十一世紀美術館に行ってみたいという声もあり、同じ方向だから両方を目指して行けるだろう。

お世話になった聞善寺のみなさんにお礼と挨拶をして別れ、近江町市場をのぞいた。市場はまだ開場前にもかかわらず観光客がいっぱいで行列ができている。いったいどこからやってきてるんだろうかなどとひとごとのように思う。兼六園下の街並みを歩き、石川門の石垣を眺めながら二十一世紀美術館に近づくとこれまたたいそうな人波である。館内の芝生の上を家族連れがベビーカーを押していたり、金箔アイスクリーム店に若者が群がっている。

「こりゃあ大変だぁ、よそう」

意見は一致して、県立美術館へ向かって坂道を上がっていると、セッちゃんが偶然に金沢の知人と出会いこの先の穴場情報を入手した。

県立美術館で展示されている鴨居玲はすでに亡くなっている洋画家で、ここ金沢美術工芸大学の出身で宮本三郎に師事していた。若いころ、かなりの年数スペインに滞在していた。今も熱烈なファンは多い。

一九七〇年代後半だった。那津夫はたまたま新宿の紀伊國屋画廊の脇の通路で「私の村の酔っぱらい」とタイトルされた手描きの看板を見た。変なタイトルだなと思い軽くのぞいたら引きずり込まれてしまった。びっくり仰天！　彼のほうが酔っぱらわされてしまったという強烈な作品の数々だった。たぶんそれが鴨居玲の帰国後の初個展だったように思うのだが、当時しゃれた雰囲気になりつつあった新宿のド真ん中に、薄汚れた身なりの赤ら顔の坊主頭や、片手、片足、片目の不自由な人、パンを抱えるやせた老婆、サイコロ遊びに興じる大酒飲みの男たち、そんなスペインの片田舎の村人が大挙、押し寄せてきたのだ。人間の本性まるだしに、酒を飲み、叫んで、博打をする。猥雑でありながら停止した瞬間。忘れられた人々……。おしゃれだとかステキだとかに関係なく圧倒的な展覧会で、しかも絵がよくできている。伝統的ヨーロッパ絵画の手法によるものだが、革命的というべき作品群だった。

振り返ってみれば七〇年安保闘争のときに、新宿の街は安保反対を叫ぶ学生デモ隊と、治安維持の警視庁機動隊の若者同士が激しく衝突した主戦場だった。街は週末になると異様な空気に包まれ、どこからか学生デモを応援するシンパややじ馬が集まってきてその前を各派閥のデモ隊は新宿駅東口を目指し、あちこちの通りから隊列が合流してデモとアピール、ときに破壊活動をやった。その様子はまるでお祭りの出を待っているかのようで、自らのセクトのアピールではないかと感じられる趣もあった。デモ隊と機動隊はいつどこで衝突するかもしれない追っかけっこを繰り返し、ゲバ棒、火炎瓶、催涙弾での市街戦を展開した。伊勢丹から新宿駅東口までの角筈通り、紀伊國屋ビル前は七〇年安保闘争の学生デモ隊にとってひのき舞台だったと言っていい。

那津夫はデモに参加せずにいて、さりとて下宿の一室に閉じこもっていることもできずに、毎週末、物見高いやじ馬となってデモ隊と機動隊の衝突を見に行き、大勢の群衆とともに街中を走り逃げまわっていた。

それから十年ほどを経て、社会は近代化と繁栄を目指して変貌し過去を忘れようとしていた。そこに一人の画家がこの新宿で、「ん、そうだろうか、このままでいいんだろうか」と問いかけている。芸術家は社会活動家でも革命家でもないが、しかし作品は社会、時代を超えて何かを語っている。「人間とは何たるものなのか、表現とは……」と問いかけてくる。那津夫はそれから鴨居玲の展覧会には可能な限り見に行った。

銀座日動画廊で、鴨居玲展が開かれるとの告知を見つけて、すぐに行った。会場のフロアの真ん中に、「僕の夢」という二〇〇号の大作が立てかけてあった。その絵は、暗いアトリエに画家がテーマにしてきた裸婦や酔っぱらいや老人などが集合していて、画面の中央には真っ白いキャンバスがイーゼルにあり、キャンバスに向かった画家のうしろ姿のうつろな顔が振り向いているというものだ。

白いキャンバスは、これから描こうとしているのか、描けなかったのか、わからない。鴨居の夢は消えてしまっていたのか、描けなかったのか、せつないものがある。画面全体の油絵具はまだぬれていた。画家は精神を病んでいたようだ。彼は知り合いの近所の美術コレクターから、こんな話を聞いていた。あるとき東京の画商から電話があったそうだ。

「鴨居玲が稲架木《はざき》が見たいというので、どこか案内してもらえないだろうか」

という依頼である。コレクターは今も数百本の稲架木が残されている「夏井の田んぼ」へ鴨居を画商とともに連れていったところ、帽子から靴まで黒ずくめの衣装で表情もうつろな彼は、木の根元に蹲《つくば》って動かなくなり、しばらくすると急に奇声をあげて立ち上がった。そんな動作を数回繰り返していたそうだ。異様な光景だったという。ほどなく彼の訃報を新聞紙上で知った。

時を経て偶然、遺作ともいえる作品と金沢で再会できて感慨深いものがあった。絵の具はしっかりと乾いており、絵画空間に落ち着きと広がりを定着させている。画面中央の空白のキャンバスはずーっと昔のままで、画家の言動や情報を知ってしまったあとなので、ことの外迫ってくるものがある……。そしてまた、スペインの村の酔っぱらいたちとも再会できた。

美術館を出て、偶然の有力情報にしたがって裏庭へまわると中村茶道美術館というのがあった。入り口をのぞくと、若い受付嬢が二人座っている。カトさんが近づいていくなり、聞いた。

「ここって中村錦之助の記念館ですか？」

「いいえ、ここは……」

受付嬢が真顔で返答しようとした。

「昔ねえ、錦ちゃん、千代ちゃんという時代劇スターがいて、カッコよかったんだよ……君たち知らないかなあ」

なおも彼がいじり始めたので、同行していた女性の田中さんが、

「やめなさいよ、カトリ！」

堪忍袋の緒を切らして大声で叫んだ。

記念館には入らず庭先をぐるりとまわると雑木林の中に滝があり、脇に岩を組んだ石段がある。ゆっくりと下ってしばらく歩いたら変わった建物が目に入ってきた。鈴木大拙館だった。

当地出身の鈴木大拙は明治期の宗教哲学者で禅の精神を世界へ広めた人物だ。彼の功績や世界に広まった禅を顕彰する記念館で、館内を見学して展示館を出ると、三方をテラスに囲まれた四

角い池があり、定期的に上がる噴水があってゆるやかな波が円を描いてテラスの縁に寄せる。先に進んでいくとあずまやがある。入ると高い天井の中央がぽっかりと開いて四角い空をあおげる。真下の縁台にカトさんが座って本を読んでいた。とし也さんと那津夫を見かけると、手にしていた本を脇に置いて、ロダンの「考える人」になって池の波紋を眺めている。

「へえー、カトさんもものを考えることがあるんだ。そうやってると哲学者にも見える」

那津夫が言うと、彼はコックリうなずいて言った。

「そりゃあ僕だってときには思索はするさ、反射神経だけで生きてるわけじゃないさ、人間だもの」

大拙館を出て食堂を探し、ビールを頼んで食事をした。みんなでバスに乗り金沢駅前へ行って解散した。

帰り道

那津夫夫婦は、金沢から頻繁に出ている高速バスに一時間ほど乗り、富山駅前で新潟行き高速バスの指定券を買った。夕方の発車まで時間があるので、評判の新交通システムＬＲＴで市内見学をして、それから遼子が観光案内パンフレットで見つけた「世界一美しいスターバックス」という運河沿いの喫茶店に行ってみた。長い行列に並んで店内へ入ったが、中国人客がいっぱいで、あっちでもこっちでも大声でしゃべりながらスマホで撮影しまくっている。美しさの基準というのは、いったいどの辺にあるのかなあと改めて思う。

駅前へ戻って高速バスの座席に座ったら、旅の終わりを感じてしまったのかグッタリしてしまった。背もたれを倒し流れていく窓の外の夕暮れの景色を無意識に眺めるだけだった。

バスが途中休憩で米山パーキングに入り、用足しに降りた。トイレから出てきたら遼子が、

「夕日がとてもキレイ」

と言う。うながされて裏庭へ行ってみると、ちょうど大きな太陽が日本海の水平線に落ちる夕イミングで、まわり一面に光があふれ、オレンジ色の球体は五分ほどですべて海に沈んだ。映画のワンシーンのような光景に、主人公にでもなったような気分で有名な詩の一節が浮かんできた。

とうとう見つけたよ
何をだい
永遠をさ
夕日とともに去っていく
海のことさ

「いやー楽しかった」那津夫が言ったら、遼子も「とっても楽しかったよ」と答えた。

彼はこの旅で、天神様を背負ってきた男について何も発見することはできなかった。だがその道のりをかすかに体験できたことに意味を感じた。それから暗くなって、やがて家に着いた。

年々寒さが身に沁みる冬はようやく去って、満開の桜もすぎ、あちらこちらで田植えが始まっている。木の芽がぐんぐん育つ春爛漫、遼子はどうして去年の忘れた弁当のことなど思いだしたんだろう。那津夫は大皿に盛られた筍と鶏肉の「イビリ合い」を小皿にとりながら考えた。

この料理は遼子が母から教えてもらったもので、二人とも好物で新筍の時期にはたいがい作る。ゆでた筍を適宜に切り、鶏モモ肉の皮をはがして鍋に入れ、色がつくまで炒めて油を出し切る。皮は取り出し、筍と鶏肉を入れて炒め、火が通ったところで酒、味醂、醤油、鷹の爪を加えてさらに炒める。ほとんど汁がなくなったら火を止めて、花カツオをたっぷり振りかけ、鍋の両耳を持って激しく振ったり、空中に放ってひっくり返す。この作業が「イビル」である。

女房の母は西日本中国地方の出身で、あちらではそのように言いならわすらしい。義母は祖母から習ったそうだ。筍と鶏肉、それに海の幸の鰹も入り混じった「イビリ合い」、揺すれば揺するほどおいしくなる。気のすむまでイビったら大皿に盛って木の芽を添えて一丁上がり！　本来人間もそうで、うまくイビればイビるほどに味に深みを増す。仕事だってそうじゃないかと思う。しかし下手にイビりすぎるとダメになってしまう。同じだなあ、と思いながら食す、箸が止まらない。

ここいらでも昔から、筍と身欠鰊とフキの煮物は定番で、ワカメを添えて木の芽を乗せればこれは格別なのだが、「イビリ合い」は意表をつく表現力が新鮮だ。遼子は味覚からの連想で去年の「忘れもの」のことを思いだしたのだ。日本海に沈む夕日とともに、永遠に忘れ去ってしまったと思っていたが、食い物の恨みは恐ろしい。

「人間は忘れものをする生きもの」なのだが、しなくてもすむにはすべての行動、記憶を記録しておかなければならない。ＩＴ会社役員の羽田氏によれば、ごく近い将来「シンギュラリティ」とかいうのがやってきて、人工知能が人間の脳をしのぐのだそうだ。行動、思考の万事が0と1とに置き換えて整理されるということだろうか。強烈な感動も情念も、取るに足らない思いつきも、みな同等に取り扱われやしないか、そして人間の一生涯が指先でつまめるほどのちっぽけな体積の中に等しく納まってしまう。それは為政者にとっては、上から眺めながら支配できて楽ちんだ。けれど個人には主張したいこともあれば、忘れてしまいたいこともある。生きていることさえも恥ずかしいという思いだってあるだろう。消してしまいたい過去なんて数え上げたらキリがない。色鮮やかな思い出もあれば、薄汚れた過去の出来事もある。そんなあれやこれやが一つになって、しかも指先なんかに納まり切らないのが人間なんだと彼は思う。

那津夫は次の展覧会が一段落したら、冬の稲架木《はざき》を描きたいと思っている。その情景は独特で、寒々しさが郷愁をかき立てて人気がある。花火を描きながら、同じ技法を使ってみるのはおもしろいと思ったのだ。稲架木は越後のある年齢以上の人たちの心の中にあって、それぞれの記憶につながっている。那津夫にも深く残っている。以前はよく描いていたが、今度は吹雪の中の稲架木をテーマにしてみたいと思った。主役は吹雪で、強いて言えば稲架木はその風景の中の脇役だ。人間の都合で稲束を干すために、枝を切り落とされたり、縄でくくられたりと不自然な形で成長しているので、特徴的ではあるが、決まった形というものはない。

花火の絵は、黒に近い灰色の空の下に、金、銀、白、さまざまな色の光を表現する。冬の稲架木は白い吹雪の中で耐え忍んで揺れているのだが、どこかに色を隠しておいてあげたいと思う。吹雪は白色を刷毛で塗ったきりの仕事では絵になりにくい。一筆一筆重ねてゆく細かな作業も必要かと思う。一方、稲架木はていねいに形を作っていかなければならないと思うが、かと言ってきっちりしすぎてもいけないだろう。空間と形態の対比の中で両者が拮抗するところが作り出せたらいいのだがなどと那津夫は漠然と思う。

二、さらば新潟・吉田劇場

エイゼンシュテイン

高校時代、那津夫は美術部に入り木炭デッサンと油絵の勉強をしていた。学科では社会科が好きで歴史と地理が得意だった。当時、多くの青春期の学生がそうであったように、マルクス、エンゲルスの共産主義というものにも興味はあった。世界史クラブという部活があり、成績上位者が多く所属していて特別な勉強をやっているようで近寄り難い空気が漂っていた。

小中学校一緒の友人、大石くんは成績優秀でいろんなクラブ活動に参加していて世界史クラブにも顔を出していた。彼は理数、文化系ともによく、音楽、美術もできたのだが唯一スポーツが苦手だった。ほとんどの人間には不得意なものがある。那津夫は数学と物理が苦手だった。特に因数分解に入ってから以後はてんでわからない。およそまったく欠点のない人間に出会ったことはないが、お近づきになりたいとも思わない。そういう者はまず人間性が欠点に違いないと思えるからだ。大石くんは酒が好きでそんなところも気が合い、家族黙認でときどき家で酒盛りをした。その中で世界史クラブの話を聞いた。

クラブの主宰者は横田先生という社会科教師で、週一回放課後に開かれる。横田先生は大学を卒業したてで、小柄ながらスッキリとした容姿で都会的イメージを漂わせていた。一部の男子学生だけでなく女子学生にも人気があった。東京の教育大学在学中、六〇年安保反対運動で熱心に活動していたらしい。闘争の敗北後、教師の資格を取ったものの東京での就職は叶わず地方の町の高校へ配属されたという噂だ。授業で受け持った生徒有志を集めて社会主義と、主にロシア革命の勉強をしているらしい。酔いがまわった大石くんが語るには、

「僕はあんまり熱心に参加しているわけじゃないので、本質的なところはよくわからないけど、マルクスの共産主義というのは科学的根拠に基づいているらしい。人間社会の究極の到達点が共産主義であって、進化論的帰結らしい。社会主義はその過程の形態であって未完成なんだけど、その進化のための活動らしいのだ」

「ふうん、そうなんだ、そうするとソビエトという国は実験中ということか、わかるようでわかりにくい話だなあ」

そんなことを話しながらの酒は、秘密めいて高揚感も加わってうまかった。

高校生の分際で酒盛りとは不謹慎な話で法的にも違反していることは二人ともに当然知っていたが、風土と慣習上何ら罪悪感は感じていなかった。那津夫が上京してさみしく思ったことの一つに友人同士の酒盛りがないということだった。故郷では仲間が集まると何につけても「まず一献！」とくる。大学時代、仲間で集まって煎餅をかじりながら話し合っていて誰も不思議に思わない。何か間が悪い。仲間うちで酒を酌み交わしながら話し合うという習慣を彼が作ったのだ。

ちなみに酒友の大石くんは高校卒業後、地元の新潟大学へ進学した。当初は法科に入学したものの一年で文学部に転入し、卒業となった四年生のときに大学紛争があり、大混乱の中でストライキ学生たちと大学側双方の意見を聞く会を組織し、ＴＶにたびたび登場して有名人になった。紛争は時代の流れとともに終結し、彼は東京の読売新聞社に入社した。そこで校閲部に配属されたが、地下室のような穴倉で夜半の勤務を強いられて心身ともに擦り減らし数年で辞めてしまった。その後、自身で考案した数式による競馬予想で当て、競馬人生を送っていたのだが、そのうち連敗続きとなって、大学時代の友人と企業を立ち上げ小さな会社ながら地道に勤め現在に至っている。

高校からの帰り道、列車の待ち時間に那津夫は駅前通りの書店でしょっちゅう立ち読みをした。立ち読みのために列車時間を決めていたと言っていい。ほとんどが映画雑誌の類いである。『スクリーン』『キネマ旬報』『映画批評』などで、映画の発展に関わる巨匠エイゼンシュテインやプドフキンなどソビエト映画監督の名前を知った。「戦艦ポチョムキン」「アレクサンドル・ネフスキー」「イワン雷帝」などのモンタージュ理論における表現とはどんなものなのか、ルイス・ブニュエルとサルバドール・ダリの共同実験映画「アンダルシアの犬」や「黄金時代」、ジャン・コクトーの「オルフェの遺言」などを見てみたいという願望を募らせた。

あるとき、彼は横田先生と一度だけ話し合ったことがある。先生は那津夫のクラスの社会科担当ではなかったから彼のことを知らないだろうと思ったが、駅からの通学路で向こうから歩み寄ってきた。挨拶をしてしばらく会話らしいものはなかったけれど、那津夫からソビエト映画の話題を切り出した。「戦艦ポチョムキン」や、プドフキンの「母」などである。先生は「うん、うん」とうなずくだけで返答はない。次にアメリカ映画界における赤狩りの話題を出した。チャップリンがどうしてハリウッドを追放されてしまったのか、「エデンの東」のエリア・カザンはどうして仲間を裏切ってしまったのか……。先生は何も答えてくれず、会話は成立せずにやがて学校に到着した。しばらくたったころ、那津夫のクラスの社会科担当教師の代講で横田先生がやってきた。クラス全員に紙が配られ、成績に関係ない模擬テストを行うという。那津夫は勇んで問題と取り組んだが、設問はすべてロシア革命に関するもの、初めて見る単語がいっぱいあり、彼はほとんど空欄を埋めることができなかった。「コルホーズ」「ソホーズ」くらいならまだしも、「ナロードニキ」「ブ・ナロード」なんて、それに革命の起きた年月日なんか知る由もなくさんざんだった。そんなことがあった。

年月を経て、ジュールス・ダッシンのギリシア映画「日曜はダメよ」とか、ジョセフ・ロージーがイギリスで作った作品の数々、メキシコへ逃亡して作品を作ったり、仮名を使って脚本を書いた「ローマの休日」のダルトン・トランボなどを徐々に知った。トランボの最後の作品「ジョニーは戦場へ行った」のうめくような表現には胸の底をつかれるような痛さがあった。そして仲間を売ったエリア・カザンのその後の作品、中東の動乱の祖国を逃れ、苦難の末アメリカへたどり着いた家族三代の物語を描き続け必死に自己弁護をする三部作、「波止場」「アメリカ・アメリカ」「アレンジメント／愛の旋律」の複雑な心理表現には、それはそれで認めたいという気持ちが動いてしまう。移民問題は現代社会でも変わらない構図で、ますます大きくなって世界規模の広がりを見せている。いったいこんな状況が人類社会の進化の一過程だとは思えない。何が正しくて、何が間違っているのだろうか。

やがて大学受験を迎え、那津夫は東京芸術大学絵画科を志望した。周囲から無理だ、やめたほうがいいと言われたがあえて受験し夢は早々とデッサンで散った。

あこがれの名画座

彼は東京で浪人生活を送ることになった。忘れてしまいたいようなつらい経験だったかというと、そうばっかりでもなかった。かえってその一年間のことは、高校生のときよりもその後の大学生の時間よりも鮮やかに覚えているほどだ。確かに「いったい、自分は何者なのか？」と考えてしまうと学生とは言えず、さりとて社会人であるとも言えない、先の見えない中ぶらりんの頼りない存在であったが、合格という一つの目標へ向かう単純な情熱の中にいられた。こんなふうな言い方をすると、愛すべき応援したくなるような一青年のようだが、実際は内側にはかなり不純な思惑を秘めていたのだった。

上京して借りた部屋はその時代の日本、特に東京は開発が盛んとなり、遠い親戚が造った都心郊外のアパートの四畳半だった。何かと心配も少なく都合がいいだろうと親は考えたらしい。小さな流しに水道とガス台が一つついただけの部屋で、食事は自炊か外食、トイレは共同。近所には畑や空き地が残っていて、私鉄電車へ地下鉄乗り入れが始まったばかりで、急行の停まらない駅の近くにあった。

受験勉強に通う美術研究所は山手線目白駅から徒歩で行く住宅街の中にあった。アパートのある私鉄駅から目白駅まで二度の乗り換えがある。学割定期券を使えるので、帰り道や休日には池袋でよく途中下車をした。かねてより調べて情報を得ていた名画座、ことに池袋人生坐、そこへ最初の日曜日に真っ先に出かけていった。

人生坐の正面に立ってみると、見覚えがあるようで何か懐かしい。雑誌でしか知らなかった名画のポスター、案内がいっぱい貼ってある。

「あ、これも、あれも見られるんだ」

ジャン・ギャバンの眼がこっちを見ていて、ジェームズ・スチュワートが考え事をして立ち尽くしている。ワクワク感が止まらない。入り口左側になぜか日本酒の薦被《こもかぶ》りの四斗樽が重ねて飾られていて不思議だった。ちょうど見たいと思っていた鈴木清順の「けんかえれじい」がかかっていた。入場券を買って中に入ると館内の扉や通路、椅子なども少々くたびれかかっていて懐かしい。二階席があったので階段を上り下りして館内を確認した。壁のポスターの中からシェーンが馬上から手を差し出している。那津夫にとってまさしく思い描いていた名画座だった。席に落ち着いて上映前に売店に行き、昼食用のサンドイッチか菓子パンを探したがパン類は置いてなかった。似たような食べもので「ラスク」なるものがあった。彼はそのパンとも菓子ともつかない食べものを見たことがなかった。小さなパンくらいに思って一袋買って席に腰を下ろすと上映ブザーが鳴った。

「オモシローイ！」

スクリーンにくぎづけになって見ていて空腹を感じたので、袋から一片のラスクを出してかじった。予想以上に硬く「カリッ、カリッ」と大きな音がする。あわててかじるのを止めた。スクリーンでは「けんかえれじい」の物語が進行している。高橋英樹演じる麒六を前に、玉川伊佐男演じる会津の伝統校の校長が校訓の「良志久」と書かれた扁額を示しながら、会津なまりで「らすくらすく」と繰り返し説教する場面だった。彼は口の中のラスクを吐きだしそうになった。人生座の売店になぜパンが置いてなかったか、大きな謎として残った。それ以後は池袋駅前のタカセというベーカリーで昼食用のソーセージバーガーを買ってから、二本立て、三本立ての映画を見るのが休日の日課となった。

人生坐という映画館は、作家で山窩の研究者でもあった三角寛が設立したものらしい。系列館に文芸座、文芸坐地下というのもあって、映画館案内では文士系と分類されている。文芸座地下では主に日本映画を上映していた。小林正樹「人間の條件」一～五部オールナイト一挙上映、内田吐夢「宮本武蔵」一～五部もやり、オールナイトの先駆けをした。その後、高倉健主演の任侠ヤクザ映画もオールナイト一挙上映をして、若者たちが駆けつけ一時代を築いたのだった。建物の裏手に人生横丁という飲み屋街がある。文士たちが夜な夜な杯をかわし談論風発、ノリで作った映画館なのか、それとも人生坐が先でのちに飲み屋街ができあがったのはわからない。しばらくして人生坐は閉じられてしまって、今は跡地に金融機関が建っている。どこかで聞いたことのある話だ……。文芸坐は新文芸坐として今でも残っているけれど、変化の激しいこの時代、果たしてどうなっていくのだろう。

人生坐で那津夫が特に気に入ったのは、名画の特集が組まれたことだった。たとえば、黒澤明週間とか溝口健二週間、小津安二郎、木下恵介などなど、その間一〇本くらいの作品が入れ替わり上映される。彼が最初に見たのが、たまたま鈴木清順週間だったのだ。外国映画の名作も映画評論家の野口久光か双葉十三郎の企画を文部省後援でフランス、イギリス、イタリア、ロシア、ポーランドなどの映画の特集がされた。アンドレイ・タルコフスキーの「僕の村は戦場だった（イワンの少年時代（原題））」、アンジェイ・ワイダ「灰とダイヤモンド」に出会えたのもここだった。無声映画、キーストン喜劇の特集もあって、チャップリン、ハロルド・ロイド、バスター・キートン、ベン・ダーピン、マルクス兄弟らに笑わせてもらった。ローレルとハーディーが車に乗ってクリスマスツリーを売りに行く話では笑いが止まらず椅子からずり落ちたことも。那津夫にとってはやっぱりカール・マルクスよりも、チコ、ハーポ、グルーチョのマルクス兄弟のほうがわかりやすい。そして黒澤明「七人の侍」は最初の長尺完全版、海外向け英字入りを含め何回見ただろう。「生きる」は見ていて怒り、悔しさ、悲しみ、おかしさ、わずかな希望などすべてが入り交じり、今までになかった感情が湧きあがり涙があふれ出た。見終わって明かりがついても、次回上映で場内が暗くなるまで席を立てなかった。

東京の生活にも彼なりの行動スタイルができて、那津夫は二年後のアパート更新時には池袋近くの私鉄沿線の四畳半に引っ越した。他の名画座にも行った。銀座並木座、新宿日活、新宿地下……、新聞の映画案内を見ては選んだ。浅草ロキシーへも出かけたが、そのころの浅草はすっかりすたれていて六区の人通りもまばらで、あるときは大勝館などという華やかなりし時代からの豪華大劇場において、広い観客に彼一人だけというぜいたくを味わさせてもらったこともあった。

そのころ印象に残っている作品と言うと、フェデリコ・フェリーニ「8 1/2」、トニー・リチャードソン「ラブド・ワン」、ボブ・ラフェルソン「ファイブ・イージー・ピーセス」、マイケル・カコヤニス「その男ゾルバ」、オーソン・ウェルズ「審判」、イングマール・ベルイマン「野いちご」などがある。胸を張って大きな声では言いにくいのだが、名画座は彼にとって絵の受験勉強と同等に重要な学校だったのは間違いない。

美術研究所の勉強は石膏デッサンと油絵制作の繰り返しだが、最初のころは全体のレベルに追いつくのに必死だった。それでも授業はきちんと受けていて課題もこなしていた。三カ月もたったころ、絵画組成でキャンバス作りの実習があった。木枠と麻布、膠《にかわ》とリンシードオイル、白地作りの粉末などが用意されていて、まず麻布に膠液を塗り込み、それを木枠にキャンバス釘で留め、さらに下地用粉末を膠液で練って塗り込める。それを四人で一組となって実習作業をした。その後その四人とは大学は別々となってもつきあいは続いた。

　その中の一人「チョロ」という男が行動的で、しかもしかけ人でいろんなことを企てる。彼の出身は岡山で、仕送りが少なかったので自分で生活と授業費の両方をまかなわなければならなかった。バイトのかたわら研究所にやってくるというような様子で、常に周囲に目配りをして動きまわっていた。教室内を見渡して歩きながら、落ちている消しパンの耳を拾って口に放りこんだりする。多分にポーズであったように思うのだが、自らを奮い立たそうとする行為でもあったのだろう。よく「なあエンちゃん、おいりゃーせんぞ……」と当時はやっていた「三匹の侍」の長門勇の口癖で話しかけてくる。夏期講習が終わった夏、チョロが出店を任されていた井の頭公園の焼き鳥屋へ行くと、彼がすでに声がけをしていた顔見知りの女性も、三、四人やってきていてそれぞれにボートに乗って遊んだこともあった。

　年の瀬も押し迫ってクリスマスがやってきた。チョロの手まわしで、研究所の事務員である「マルちゃん」の家でクリスマスパーティーをやるからと呼ばれた。マルちゃんは言葉少なく静かな人だが気配りがよく人気があった。彼女の家といってもふだん暮らしているところではなく、実家が空き家になっているのだという上野から成田へ向かう私鉄電車に乗って、江戸川を渡る手前あたりの駅で降りた住宅街をしばらく歩いた小さな一戸建てであった。男性は那津夫たちのグループ四人と、もう一人同じクラスのヤスダもいたかもしれない。女性はマルちゃんにフーコ、ウエノとあと誰だっただろうか、シオママだったかオチャラだったのか思いだせない。いずれにしても一歳年長の二浪の女性たちだった。一階の居間のこたつでクリスマスケーキをわけて寄せ鍋を食べて、しゃべって、ゲームなどをやった。遊び終えて女性たちは二階へ上がり、男性たちは電気ごたつで眠ることになった。

「上がって来ちゃダメだよ、カツローいいね、わかった、絶対だよ！」

フーコが真顔で言って、上り切った階段の踊り場にはテーブルや椅子でバリケードが築かれた。彼女の言葉の迫力にカツローは「何だよお……」と言いつつ、年下の坊やたちは輪になって布団をかぶって寝たのだった。

大学に入ってみたら確かにいろいろなタイプの人間がいた。個人個人が自分勝手な演出をして自己主張をしている。時代の先端を走っているかのような奴もいれば、明治以後の伝統を守ろうとする奴もいる。「不老不死」というクラブがあった。ただただむさくるしい風体でムシロ旗を立て、「ふろうふし、ふろうふし」と唱えているだけの活動だ。当人たちに「何なの？」と尋ねても、「よくわからない」という答えしか返ってこない。何でも岡倉天心、横山大観らの神仙思想からの継承らしい。そんな校風も流れていた。

よく話かけてくれた友人のサラシナに、言われたことがあった。

「学校でエンドー、おまえを探し出すのは簡単だよ。たいがい図書館か食堂に行けばいるから」

ほぼその通りだったのだが、図書館で読書をしたり勉強をしていたわけではなく、ロビーで備え付けの新聞全紙を見ていたのだ。特に映画館案内には念入りに目を通して、その週の行動予定を立てていた。

那津夫は周囲を見渡して「自分はあまり美術学生らしくないかな」と、軽いコンプレックスを感じた時期があった。まわりからもそんなふうに言われたりしたこともある。都会的というか現代的感覚のつかみ方にズレがある。ところがサラシナが、

「そんなことないよ、人それぞれだよ。第一この学校で新聞全紙、しかも東京スポーツまでしっかり読んでるのはエンちゃんしかいない、それだけで特殊だ、変わってる、個性的だよ。大半の学生は外見から美術学生らしく見られたいと、けっこう無理してる奴が多いんじゃないか」

なんて言ってくれて、ほめられているのかけなされているか判然としなかったが気持ちが楽になったのを覚えている。終戦後は個性の時代でもあった。美術学生の多くは個性的であるため、いかに他者と異なっているかを表出しよう、他人と違って見えるかにきゅうきゅうとしていたように思う。個性とはそういうものだろうか。いまだにわからない……。

祖父

那津夫の青春時代はこのようなものだったのだが社会はモーレツに動いていた。父親が祖父から譲り受けた鉄工所は設備も古くなり従業員も高齢化して、それとともに社会に後れを取り始めていた。さらに昭和三十六年、第二室戸台風の直撃をくらって、建物の一部が倒壊してしまい経営は楽ではなかった。だから那津夫の大学浪人を認めるのは苦しくギリギリの仕送りしかできない状態だった。羽振りのよかった祖父も「吉劇」の閉館や織物業の衰退などで勢いを失っていた。会社本体と家督は那津夫の叔父の信吉に譲って半ば引退していた。長男の京吾はシベリアに抑留されて不明となっていたが、手間と費用をかけて死亡確認をして、東京で会社勤めを始めたばかりの次男信吉を呼び戻して家督を継がせた。

すでに一線から退いてしまったように思われた祖父京平だったが、しかしまだ運が残っていたようだ。京平が商売仲間や知人たちとともに引き受けていた、県からの払い下げのお荷物だった競輪事業が高度成長期に入って隆盛となってきたのだ。京平は社長に推挙され競輪の事業に掛かり切りとなった。競輪会社は広域の連合会に加盟しており筆頭には後楽園や京王閣などがあり、弥彦競輪は最も末端に位置していたものの、それでも全国規模の有力者との交流が生まれていた。祖父は那津夫の下宿にほぼ月に一度はがきをくれて、上野駅の交番横で待ち合わせをしてごちそうしてくれた。身だしなみもよく、きちっとした背広に中折れ帽子、コートを腕にかけてステッキを持つ姿は老紳士然としている。仁丹の香りを漂わせ、別れ際に「大事に使えよ」と小封筒に入ったおこづかいをくれた。

那津夫の生まれた家のありさまを祖父とのつながりでもう少し記しておきたいと思う。

祖父京平は、加賀から越後にやってきた初代加賀屋京治から数えて五代目にあたる。加賀屋が戊辰一揆の打ちこわしにあい、屋号を「加京」と変えて米屋を営んでいたもののしばらくしてまた店はつぶれ、一家は横町の裏長屋へ引っ越した。食事のときに雨傘を差さなければならないようなありさまだったという。三代目当主だった京次は早々に隠居させられ、家督は年若い長男京三郎が継いだ。明治二十一年のことである。京三郎は米商いに見切りをつけ、さまざまな仕事を経て、近所にあった知り合いの「星幸」という織物工場に勤めた。そんな最中の明治二十七年に京平は生まれている。

姉一人妹二人、男子一人の子どもだったから家族の期待は京平の一身に集まった。母チセの期待はなおさらだったろう。尋常小学校を四年で卒業すると三条の呉服屋へでっち奉公に出された。元来利発だった京平は、成長するにつれ商売をよく覚えて蔵のカギを預かるまでになったそうである。二十歳になると徴兵検査を受け近衛兵に推挙されることになった。近衛師団は、名家の子息や身分のしっかりした者が入隊できるのであって、家が没落していた京平がどうして推挙されたのかは定かではない。当時はそのような事情であっても、町うちでは「加京さ」というのはそれなりの家格として認知されていたのだろうか、また父親京三郎が多少家運を取り戻していたのかもしれない。それも推測の域を出ない。ともあれ京平は首都東京の近衛師団に入隊した。それは家族にとって非常に明るい出来事だったに違いない。

入隊して周囲の同年兵と比べると彼はすでにそれなりの社会を知っていて物事に即答できた。連隊長は京平の気配り、対応を気に入って側近に取り立てて重宝したそうだ。率先して便所掃除、片づけなど、また器用にいろいろとこなし、字も上手だったから訓示や指示のビラ書きなどやったそうだ。しかしよいことばかりは続かないのが世の中というもので、連隊長が転任となり副長が昇格すると、以前から目の仇とされていたため理不尽な制裁を受けた。そういう上下関係のゆがみというのはどこの世界でもあるものだが、ことに軍隊内のことであるから凄惨なものだったらしい。そこでまた京平は強烈な社会勉強をさせられたのである。

除隊後、京平は郷里へ戻る。世界は第一次大戦の真っ只中だったが、日本は主戦場となったヨーロッパから遠く離れていて、英国などの連合国側につき、アジアでの戦闘に勝利して漁夫の利を得た形となった。

父親の勤めていた「星幸」の織物工場は近代化を図り、蒸気機関の動力を導入した工場を郊外に造ったので、京三郎も工場近くに住居を移し、納屋に織機を入れて通いながら自分でも仕事を始めていた。京平は家の仕事を手伝いながら、在郷軍人会の地区分団に入会し若手会員として活動を始めた。

数年後、京平はセキと結婚。好景気に乗って白木綿は売れた。星幸織物の社長、星井幸二は同業七社を集め吉田白木綿組合を結成する。その中に京三郎も名を連ねた。地域で活動の場を得た京平は、持ち前の気配り上手を駆使し商売を広げていった。白木綿の軍需物資としての売り込みを画策し、積極的に東京の官庁へも出向いている。徐々に目的は功を奏し、商売はより大きくふくらんだ。

清水トンネルができて東京への往来がずっと便利になっていた。そのころの笑い話だが、商売で上京し同郷の骨董商の友人と二人で山手線に乗り、田舎者と見られぬようきちっとした身なりで並んでつり革につかまっていたところ、突然電車が急停止した。なかなか動き出さないので乗客たちは不安気に周囲を見渡し始めた。二人はあわてるそぶりも見せずに紳士然としていたそうだが、しばらくしてコトリと電車が動いた。そのとたん骨董商が、「ずった、ずった」と安心したように小声で言ったそうである。すると前の座席に座っていた商店のオヤジさんらしき人物がムックリと顔を上げ、「おめさんがた越後らね」と言ってニヤリと笑ったそうだ。そんなこんな活動をして、やがて京平は日本橋馬喰町に小さな出張所を出した。

山本五十六

商売でめぐっていたときの、とある官庁での会合だったらしい。演者として話し始めた海軍将校が、京平より十歳ほど年上に見える坊主頭のキリッとした人物で、非常に説得力のある内容の演説で、言葉の端々に越後なまりが聞き取れる。京平は感銘を受け会の終了後、挨拶をさせてもらいに近づいた。

「失礼ですが、越後出身の方とお見受けしましたが、どちらでありますか」

「そうだ、私は長岡だ。おみしゃんも越後か、どこかね」

「はい、西蒲原は吉田です」

「吉田か、吉田は長岡藩の所領だったな」

「はい、そうであります」

というようなやり取りがあったと想像できる。京平の会話の相手は、海軍将校山本五十六であった。山本はその後、中将に昇進、航空本部長、海軍次官を経て歴史の表舞台に登場していく。

商売と在郷軍人会の活動に手応えを感じた京平は、父京三郎を説得し大勝負に出た。事業拡大の必要性を説き、近辺の農地を買い取り新工場建設することを計画した。しかし二人の手元にある資金はそれにはほど遠いものでしかなかった。京平は母チセの実家へ資金融通を頼みに行った。チセの生家は郊外の地主農家でかなりの土地持ちである。当主李太郎はチセの弟で百姓ながらふだんから着流しの盆栽や書画などを好む風流人で、二つ返事で土地を担保にして大金を用立ててくれたそうである。いかに姉の息子とはいえ、まだどうなるやもしれぬ青年実業家に全財産を賭けるという李太郎の行動に、村中に大変な評判が立ったようである。

1936年（昭和11年）資金を手にした京平は、洋式の織物工場を計画して実行した。主となる動力は、ドイツ製の大型ボイラーを同業者の仲介で名古屋から買いつけ、星幸の工場より背の高いコンクリート煙突を立てて、織機の並んだ工場は天窓のあるノコギリ屋根にした。その外観は教科書の中の絵そのものである。越後平野の田んぼの中を蒸気機関車が近づいてくると、稲架《はざ》木《き》越しに巨大な煙突とノコギリ屋根の工場が見えて、「ああ、ここの町は産業が進んでいるんだ」と思わせるようなグラウンドデザインになっている。施主である京平が仕組んだものか、設計、施工の業者側の意向かはわからないが、京平が人を驚かせるのが好きだったのは確かだ。新工場は完成し、飛躍的に増大する需要に応えて朝暗いうちから夜半まで、巨大な煙突は煙を上げ織機はガチャガチャと音を立て続けた。京平と李太郎の賭けは成功した。

在郷軍人会に積極的に参画していた京平は、活動を通じて長岡の反町栄一という人物と知り合うことになる。反町は旧陸軍軍人で、在郷軍人会や日本青年会の活動で、軍と銃後の地域を積極的につなぐ仕事をしていた。彼は陸軍と郷土の先輩である三条出身の全国在郷軍人会会長陸軍大将鈴木荘六を公私ともに支えており、また長岡中学の先輩山本五十六を崇拝していて、山本と郷里長岡とのつなぎ役を務めていた。反町は青年団活動では満洲国開拓支援のため現地視察をしており、移民計画に賛同、満洲国参謀石原莞爾とも交流していた。彼はある種の理念を抱いていたようで、武人として国家に奉公したいとの思いで活動していた。政治家になることも拒否し、私心はなかったように思われる。

昭和十年ごろ、京平の所属する在郷軍人会西蒲原分団は反町栄一から海軍への飛行機献納の提案を受け、全会あげて大いに賛同し、分団長、長沼艮一を筆頭に募金活動に邁進した。働き盛りだった京平は長沼分団長の意を受けて西蒲原じゅうの全町村、集落の庄屋、地主、有力者宅を率先して訪ね、資金協力を要請してまわった。彼はそれまでの社会体験をもとに水を得た魚のごとく活躍した。そしてこのときの体験がのちのちの京平にとって重要な基盤になったのである。航空機購入金額の目標を大きく上回って、昭和十一年七月、水上飛行艇西蒲原号は同伴の二機とともに、茨城・霞ヶ浦から鎧潟へ飛行、着水した。翌々日にデモンストレーションの高等飛行なども披露され、献納式は鈴木荘六大将、山本五十六中将以下多数の要人参列のもととり行われ一連の活動は大成功のうちに終えた。のちに西蒲原二号機も贈られている。京平の活躍は反町栄一の信頼を勝ち取り、それは海軍中将山本五十六のもとへもつながっていくことになった。

鎧潟に着水する飛行艇西蒲原号

仰ぐその勇姿

西蒲號命名式

いよいよ明日に迫る

西蒲原郡民が汗の結晶をもつてわが海軍へ献納した水上飛行艇報國第八十七號の命名式は既報の通り十九日同鎧潟において擧行すべく當日は海軍より航空本部長山本五十六中將、軍事普及部長野田清少將が參列する筈であるが全郡民は鎧潟上空遙にその勇姿を仰いで一齊に萬歲歡呼を浴びせることであらう（寫眞は報國八十七號の勇姿）

新聞記事でも話題になる

翌年、日中戦争が勃発、全国に軍政の傾倒の時運が高まっていった。精神的支柱として、この蒲原の地では弥彦神社への参拝が盛んになり、軍人や著名人、また宮家など全国からの参詣も相次ぐようになる。在郷軍人会はその来賓をお迎えし、会の交流施設の必要を感じ建物の建築を計画する。事業、運営は会の中で力量を発揮していた京平に一任された。

地理的にも弥彦に近いということからも、京平の織物会社の真向かいに建てられることになり、土地は京平が提供し建築費用は会員それぞれが拠出した。完成した建物は、和風二階建て、広い玄関に一間幅の廊下はひのき造りで大広間と洋風応接室、庭園もある豪邸である。京平は一家で引っ越して会の運営や貴賓客のもてなしを取り仕切った。その後、周囲に新工場、職員宿舎、住宅など建設して事業を拡大していった。当時町にはなかった保育所もいち早く作られた。工場で働く職員の子どもや知り合いの子女を預かるための施設で、徴兵された兵士の妻や未亡人なども織物工場で積極的に雇用した。保育所は終戦後も開園され、町立の保育園が作られるまで続いて、那津夫も妹も弟もみな入園した。那津夫の古くからの友人たちは今でも京平を「園長先生」と言う者もいる。

霞ヶ浦航空隊副長から航空母艦「赤城」の艦長を経て、昭和九年海軍航空本部長につきロンドン軍縮会議の予備交渉代表となった海軍中将山本五十六は、これからの戦闘は軍艦対軍艦の大砲による勝負ではなく、航空母艦から出撃する航空機によって勝負は決すると予測した。そのために霞ヶ浦において、航空技術向上のため日々猛訓練を続けている。その戦術は、まさに現在の世界の軍備のあり方を示しているものなのだが、五十六は名古屋の三菱重工業などへもよく出かけ、当時の日本の航空機産業へよりたくさんの航空機を製作するよう要請した。激しい訓練の中で、機体の損傷により若く優秀なパイロットの命も多く失われていた。そして増産が難航している理由が機体部品のネジなどの不足と製品の不良であることを知り、優れた部品の製造にかかるべく指示を出した。山本の意を受けて反町栄一は旧制長岡中学同窓会「和同会」を通じ、若き銀行家駒形十吉や大橋新治郎などの長岡の経済人と謀り、高額な新型工作機械をアメリカやドイツなどから購入して名古屋螺子《ねじ》製作所を愛知に設立し、要請に応え航空機の部品を生産した。

日中戦争が勃発して軍主導の国家体制は強まり、さらなる戦争への機運が高まる中で海軍次官となった山本は海軍航空勢力の整備に邁進する。軌を一にして起こる日独伊三国同盟に、海軍大臣米内光政らとともに反対したものの同盟は成立し、大戦への機運はいよいよ高まっていった。山本五十六は、連合艦隊司令長官に任命され、翌年大将に昇格、日本海軍を担う軍人となり、ひいては日本の命運を決する存在となったのである。また一方で新政府によって逆賊とされた北越長岡藩の子弟が、連合艦隊司令長官の地位に上り詰めたことに深い感慨を覚えたのも事実だ。

京平の蒲原平野の中の工場も、煙突は煙を吐き続け、織機は絶え間なくガチャガチャと音をたてて白木綿を織り続ける。妻のセキは次々に子どもを妊娠、出産とともにすぐに機織り場に立ち先頭になって働いた。京平は反町栄一に信頼できる実業家として認知され始め、彼を通じて軍の上層部や政府関係者とも会合できるようになっていく。そして海軍大将山本五十六に近い後援者として在郷軍人会の中での地位を高め、近隣に知られるようになる。織物会社は軍需工場としての指定を受け軍部からの需要に応え、日本橋馬喰町の事務所も忙しくなっていった。

余談だが、山本五十六はキレイ好きで、旗艦乗船中でも下着の越中褌《ふんどし》は毎日取り替えて、そのまま長官室の丸窓から海へ流していたという逸話があるが、その白木綿の褌は京平が大量に送り続けていたものであった。

二・二六事件

昭和十一年二月二十六日、首都東京で事件は勃発した。首相、政府要人、軍人宅が襲撃、殺害され社会は不穏な空気と緊張に包まれた。

軍政の混乱を憂慮した若手将校たちが決起したクーデターだが、一部の近衛師団も同調していた。事件の収拾には紆余曲折があり、勅令が発せられ決起した者たちは暴走とみなされ反乱軍として処せられ終結した。数日間の出来事であったが、その動向には近衛師団も大きく関わったのであるから、京平にとってもかつて所属していた部隊であり、緊張して推移を注目した。そんな京平だったのだが、思わぬところで彼自身にも事件の余波が伝わってきた。

京平の姉ヒサは、町内の裁縫職人の家に嫁いでいて、長女の小春は頭のいいしっかりした性格の娘で町内の小さな店で働いていたのだが、京平は両親を説得して姪の小春を東京出張所の事務員として送り出した。それは、ヒサにとっても小春にとってもいい話だった。ところが上京してまもなく、二・二六事件で彼女は反乱軍の占拠地の中に巻き込まれ身動きが取れなくなってしまった。事態がどのように展開するかわからない恐怖と不安の三、四日間を過ごすことになったのである。結局事件は終結して解放されたのだが、小春にとってショックは大きく、とにかく両親は故郷へ戻して静養させていた。しばらくすると若い娘が何もせず家にいるのは決まりが悪いということで、京平は商売仲間の次男坊と見合いをさせた。すると両者気に入った様子で結婚に進むはずなのだが、当時は家格だとか家同士の釣り合いがどうとかで、小春はいったん京平の養女として入籍し、京平の家から嫁に出してやったそうである。彼は忙しい日々の中にもそうしてこまごまとしたことをマメにこなしていたようだ。

その時期の山本五十六はというと、海軍中将として航空本部長につき、航空戦力向上に邁進し、日々霞ヶ浦で猛訓練を指揮していた。反町の仲介で長岡経済人によって作られた名古屋螺子製作所は、名古屋の三菱重工業などと取り引きをしていて、各種戦闘機、なかには「ゼロ戦」などの航空機部品の生産を増進させ日本軍の航空機整備に寄与している。四十代となった京平はすっかり反町栄一に信頼され、織物工場も軍需で潤っていた。

昭和十五年、大政翼賛会が設立され国家総動員態勢ができあがり、やがて反町栄一は理事になり、京平も翼賛会壮年会の支部長となる。反町はかねて念願であった銃剣術を普及させるための訓練用防具の製作所を京平に持ちかけた。銃剣術というのは非常時の防衛戦において、兵士以外の者であっても肉弾戦で射撃していた銃弾がつきたら腰に備えた短剣を銃の筒先に取りつけて突進し、相手を突き刺すというものなのだが、反町は銃剣術を武道ととらえ青年団など銃後の男子に講習会を行ったり大会を開いていた。それと工場の地方分散を図っていた名古屋螺子《ねじ》の吉田工場の設立である。京平は両方を併せて受け、工場を建設した。これによって織物工場、防具製作所、螺子工場の三工場は軍の要請に応じた事業となったのである。これは陸軍、海軍のかなりの上層部の意向を動かしてのもののようであった。

国家体制が戦争に向かって激しく動く中で、反町は翼賛会として西蒲原団長の長沼良一を衆議院議員候補として推挙する。京平はまたも西蒲原を駆けまわり選挙応援をした。長沼は国会議員に当選した。

太平洋戦争始まる

京平とセキの長女初子は、開戦の翌々年、十八年三月に巻高等女学校を卒業すると、すぐさま行儀見習いと手伝いを兼ねた奉公に行くよう父親から指示された。

奉公先は、東京青山にある山本五十六邸である。

初子は柳行李一つで東京へ向かった。事の子細はすでに父親と反町栄一の間で取り決められていた。山本家は、夫人が丈夫でなく起きたり伏したりしていた。初子は禮子夫人のお付きとして送られたようである。家は表通りから入った住宅の庭つき一戸建てだが、連合艦隊司令官を任命され、大将に昇格した軍人の自宅としては質素である。主の五十六長官は旗艦武蔵に常駐となっていて、その動向の一つひとつは開戦以前から軍の極秘になっており、初子は山本家の奉公中に五十六本人とは一度も会っていない。軍務に心配なきようにと、親友堀悌吉が様子を見に毎日留守宅に顔を出していた。堀は山本と海軍兵学校から一緒の無二の親友だった。

堀悌吉

彼は大分出身で、海軍兵学校三二回生の合格者二〇〇人中、山本が二番、堀が三番の成績で入った。卒業時は、堀が一番、五十六は一一番であったという。のちに五十六は米国駐在武官となりハーバード大学にも入学している。堀はフランス駐在となってパリで暮らし、スイスのジュネーブの国際連盟にも勤務している。お互い欧米の軍隊事情を学び、親友として情報を交換し合っていた。

昭和九年、両者はともに海軍中将としてその手腕を発揮し、「堀悌吉は剃刀《かみそり》、山本五十六は鉈《なた》」とも評された。五十六は、第二次ロンドン軍縮会議の予備交渉に代表として赴き、堀は条約派として戦争へ向かおうとする日独伊同盟に反対する先鋒として活動した。彼は兵学校卒業後すぐに日本海海戦で少尉候補生として戦艦三笠に乗船、ロシア軍艦撃沈の悲惨さを目の当たりにした。この海戦で五十六は巡洋艦日進に乗って参戦、交戦中に負傷し左手の人さし指と中指を失っている。「戦争は乱、凶、悪である。軍備は平和の保障である」との考えを抱いていた堀はその信念を持って行動し、頭脳の明晰さ、人格、人望から将来を嘱望されていたが、海軍内部の条約派と艦隊派の対立の中、大角岑生海軍大臣の裁定によって予備役編入とされ彼の考えは排除された。現役から外された堀は海軍を辞して民間人となり、日本飛行機株式会社の社長を務めていた。

堀は、越後の田舎の女学校出たてでやってきた初子を見て、この先禮子夫人の代理で御用を務めるには不都合であると毎日礼儀作法、言葉づかいをていねいに教えてくれたそうである。そのおかげで初子は御用を言いつかわされて何とか役に立つことができるようになった。

「本当に無二の親友とはあのことだわ」

と初子はのちのちも堀悌吉のことを話していた。

山本家には、男子二人と女子二人の四人の子どもと、他に女中が三人いた。長男義正は高等学校の学生で吉祥寺に下宿し、女子の方々はそれぞれ女学校に通っていたが、次男忠夫はまだ小学校低学年で学習院幼稚園に通っていた。次男の送り迎えは初子の仕事となった。そして毎朝、禮子夫人は寝床の枕元に用を記した書状を置いていて、それにしたがって都内あちらこちらと出向いたそうである。

当初日本海軍は、真珠湾攻撃、続くマレー半島沖海戦で、英国軍艦二隻を航空機攻撃で撃沈と快進撃を続けた。山本五十六の予測は現実のものとなり、指揮をした彼は一躍日本の英雄となっていた。山本家における初子の仕事も長官の名声が高まる中で大忙しで、官庁や宮家や大臣宅へも書状を持参して遣わされた。おおむね海軍関連への訪問ではていねいに扱われたそうで、ことに海軍大臣を務めていた米内光政は、行くたびにわざわざ本人が玄関まで迎えに出て「まま、上がりなさい」と部屋に通しお茶を出してくれ、用件がすむと「ご苦労さん」とまた玄関まで見送ってくれたそうである。一方陸軍宅では女中が初子の持参した書状を預かるだけの扱いが多かったそうである。

芝にある水交社、ここは海軍の将校の親睦施設だが、そこに遣いに行って奥の倉庫へ通され品物を受け取って帰ると夫人はバターやハムなどを切り分けたあと届け先を指示して、またあちらこちらへ差し向けたそうである。倉庫の中には、戦時中にもかかわらず、ウイスキー、ワイン、肉類と何でもあったと初子は言っていた。また夫人の指示で山本長官の名刺を持参すれば、「虎屋の羊羹」や「村上開新堂のクッキー」などの貴重品も買えたそうである。やがて東京の交通も覚えてさまざまな要人、著名人とも会えて忙しい日々を送っていった。御用で薬を買ってくるように言われ地下鉄駅近くの善光堂という薬局へ行ったところ、店主のオヤジさんの越後なまりに気づき話してみると隣の中ノ口村出身の人とわかった。それ以後しばしば寄ってお茶をもらい田舎の話や仕事のことなど話したそうである。緊張の日々の中で、「がんばりなさいよ」というオヤジさんの励ましは大きな支えになっていたようである。

山本家は軽井沢に別荘があった。信越本線沓掛駅から浅間山へ向かっていく林間にある。周囲は宮家や政財界人、軍人などの立派な別荘がある一画だが、小さな木造の建物だった。子どもたちが夏場を過ごす場所だが、夫人のお供をしていってあちらこちらの知己の別荘へおつかいに出された。宮家の大きな別荘などへも訪ねたことがあるそうだ。戦時中にもかかわらず、柵で仕切られた向こう側で赤や青や黄色のシャツに半ズボン姿の外国人たちがテニスをしている風景に出会って、本当に戦争をしているんだろうかと不思議な気分がしたそうだ。

京平は戦時下の山本家を何度か訪れている。吉田の自宅屋敷を建てた際に気に入った若い左官の銀蔵を連れていった。自らは腹に米の入ったさらし袋を巻き、無口で小柄ながらガッチリした銀蔵には豆や野菜、餅や味噌などの入ったブリキの一斗缶を背負わせて上京し、山本家に寄って荷物を下ろして、そして夜は馬喰町の事務所の畳の小部屋に二人で泊まり、しみじみと話をした。

「今晩は俺とおまえは夫婦みたいなもんだ。重い荷物かついでもろてご苦労らったれ、人にはそれぞれ役目があって、おまえさんは荷物かつぐのが役目だ。俺は今日は重いものはかつがねえろも、いろいろと考えるのが役目だ。考えるのもけっこう大変なもんで、ああでもない、こうでもないと夜もおちおち寝らんねこともある……」

人前ではあまり本音を出さない京平だったが心の内を吐き出したいときもあったのだろう、しみじみと話した。彼も背中に背負っていたものがあったのだ。

長官機撃墜さる

そうした中、十八年四月、南方ブーゲンビル島にて山本長官機が米軍戦闘機により撃墜された。遺体は現地で火葬され、遺骨、遺品が本土に送られた。初子は禮子夫人の指示で芝の水交社を訪れ、長官護衛機に乗っていて同じく撃墜され負傷するも長官機の捜索にあたった宇垣中将から、長官の血染めの軍服を手渡され山本家に持ちかえった。山本家は激動することとなった。

六月五日、日比谷公園で国葬が営まれることとなり、天皇陛下により下賜された幣帛《へいはく》、神饌《しんせん》、榊が飾られ、弔花が並び、伏見元帥官以下各皇族、宮家、各国要人、米内光政葬儀委員長、東條英機首相、以下葬儀委員、政府要人たち……千数百人が参列した。元帥となった長官の写真の前の祭壇に、事前に遺族に問い合わせのあった故人の好物も供えられていた。幼少期から食べた身欠鰊とフキの煮物や塩饅頭などとともにアスパラガスが並んでいたという。今ではアスパラガスは緑色が当たり前となっているが、そういえば那津夫は幼少期に缶詰のアスパラガスを食べたことを思いだした。高級なものだったように記憶している。白くムニューとした食感が懐かしい。

当日、棺は安置されていた芝の水交社から神谷町、虎ノ門を通って日比谷の会場へ行くこととなり、儀仗《ぎじょう》兵や哀愁漂う葬送の曲を演奏する楽隊の行列は約千メートルにも及んだ。初子も禮子夫人の古式にのっとった衣冠束帯、白い喪服の裾を支え持つ侍女として白い衣装で参列した。式場までの道路は弔問の人々であふれかえっていた。その中を先頭に喪主の長男義正さんが位牌を抱き、続いて友人の堀悌吉が遺骨を胸に抱き、うしろに禮子夫人、親族、関係者と続き、行列は百メートルほど歩いた。顔を伏せてかがんだまま裾を支えて歩いていた初子は、しばらく進むとある地点で前を歩く堀が急に立ち止まったので顔を上げた。堀は胸に抱えていた白布に包まれた遺

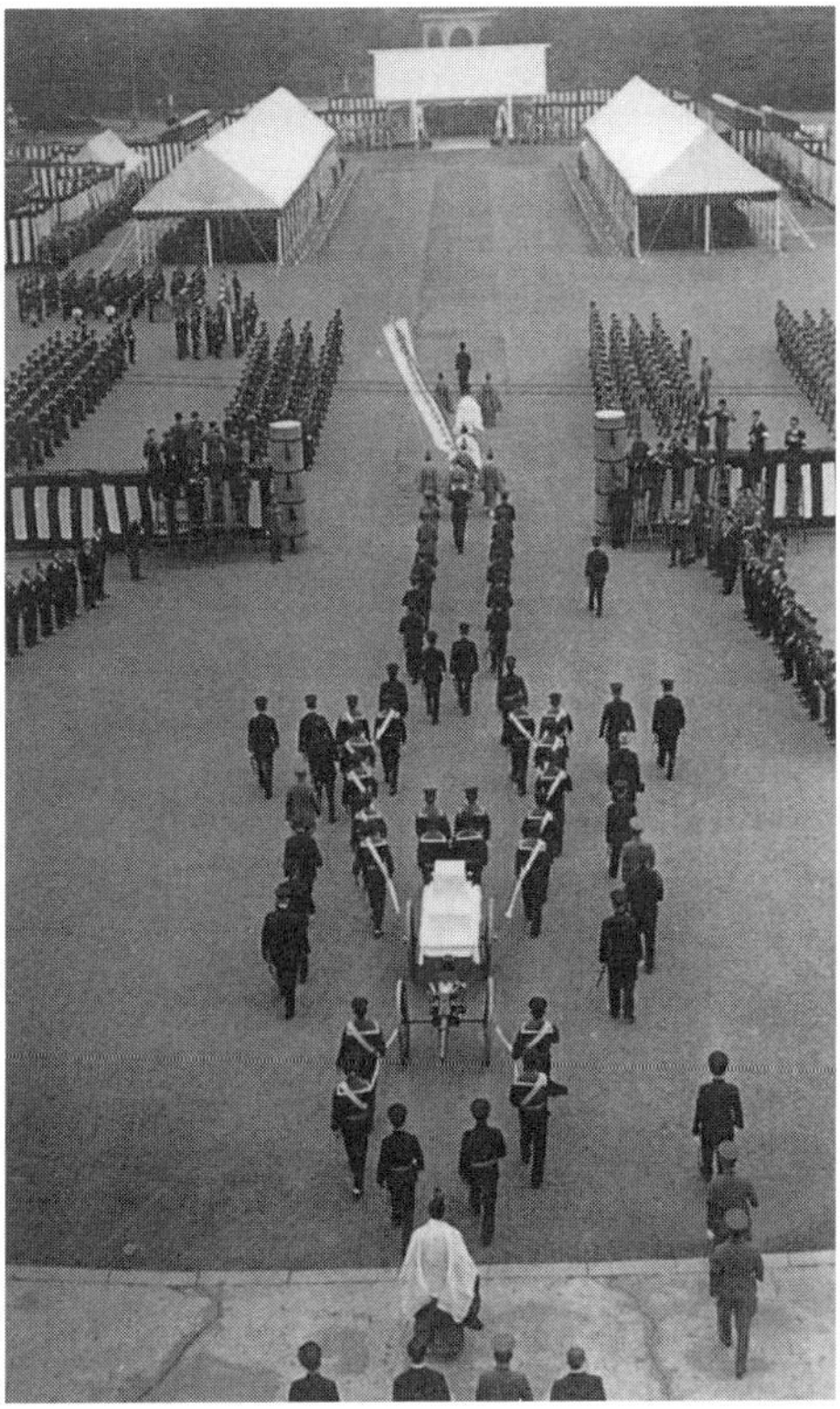
山本五十六国葬

骨箱を、とある方向に向け差し上げた。しばらくそうやっていて一礼をして、また胸の前に納め、再び歩みを進めたそうである。初子には何事であったのかはわからなかった。

連合艦隊司令長官を命ぜられた山本五十六は、軍の機密上の問題や日独伊三国同盟反対の言動などで軍内部や時勢の世論と対立していたため、身辺の警護もあって戦艦長門や武蔵に常駐していた。自身の留守家族のことやその他のあれこれを親友堀悌吉に頼んでいた。

昭和十六年十二月、日米開戦となる一週間ほど前のことである。五十六は超極秘裏に単身上京し、連絡をとって堀を呼び出して二人で会っている。

「どうした」

「とうとう決まったよ」

「そうか……」

「効果なし……万事休す……」

あとは陰鬱な空気の中で二人は沈黙したままだった。最終御前会議で決定が下り、開戦が避けられないことを告げ、十二月四日、旗艦長門に戻る五十六を、堀は横浜駅のプラットホームで見送った。別れにのぞみ握手をした堀が、

「じゃあ、元気で」と言うと、

「ありがとう……もう俺は戻れんだろうな」と五十六はつぶやいた。十二月八日、連合艦隊は

ハワイの真珠湾への奇襲攻撃を決行した。

国葬当日、弔問のため京平は上京した。青山の山本邸を訪ねると、一家はみな国葬に参列していて、それでも弔問の人々はひっきりなしに訪れる。残っていた女中たちにはとても手に負えないテンヤワンヤの状態だった。見かねた京平はすぐさま喪服の上着を脱いで指示を出し、まず受付を作り、地下鉄駅までの道沿いに案内を張り出し弔問客の流れを整理し事態を取り仕切った。翌日になって、あの人は誰なのかと評判になり、ようやく事の次第は判明した。

「あの人がハッちゃんのお父さんなのね、知らなかったわ……手際がよくて役所からやってきた人かと思ったわ」

などと言われて、初子は何だか恥ずかしいようなうれしいような複雑な気持ちがしたそうである。

国葬がすんで山本五十六の遺骨は小金井にある多磨霊園の一画に埋葬された。初子の仕事に、早朝多磨霊園へ出かけて墓のまわりに投げ入れられた弔意の硬貨を拾い集めるというのが加わった。驚くほど多くの硬貨が投げ入れられていて、それを持ち帰って毎度整理して銀行へ持っていった。

当初は進撃を続けた日本軍も占領した南方諸島からの撤退を余儀なくされ、戦争は長期化の様相となり苦境に立たされていた。労働力や物資不足は顕著で、日本本土の各都市で空襲が激しさを増している。

労働力不足を補うため、学生も勤労奉仕として狩り出されることとなった。吉田の京平の工場も外観を迷彩色模様に塗り変えている。勤労奉仕の女子学生を受け入れることになり、「女学校の生徒は良家の子女だから、それなりの応対をしなければ」と、京平は西川河畔の木造三階建ての旅館を買い取って宿舎にした。その旅館を「平和荘」と命名し、以前からやっていた保育所も「日の丸保育園」と名づけている。のちに勤労女学生が語るには、「新潟市か吉田の工場どちらかを選ぶようといわれたら、やっぱり都市のほうがいい。吉田はザイゴ（田舎）だからって新潟を選んだ人が多かったけれど、待遇はずいぶん吉田のほうがよかったみたい」。そんなこともあったようだ。

状況が苦しくなると浮かび上がってくるのは精神主義である。戦勝祈願の彌彦神社への参拝は増え、それにつれて京平の工場への要人、賓客の視察も増えた。朝香宮、李王家などの宮家、数多くの陸、海軍将校が訪れている。このころになると京平は軍の物資部の責任者、篠田中将などとも直接交渉ができるまでになっていた。変わったところでは、大相撲の大横綱双葉山もやってきて泊まっている。六九連勝のあとの敗戦ののち、横綱も相撲に苦しんでいた時期があり、宗教に凝って全国の神社仏閣を巡礼していた。彌彦神社へ参拝のおり、誰かからの紹介で来たものと思われるが、家人が語るそのときの様子は、「横綱は非常に物静かで、ほとんど何かに祈っていた……」。二階の客間の廊下に立って熱心に朝日に向かって祈っていたそうである。

明治初期の洋画家小山正太郎の縁者にあたる小山良修という水彩画家は長岡出身で、政府からの依頼だと思われるのだが、全国に空襲が激しくなっている状況下、彌彦神社が焼失した場合に備えて外観の絵を残しておくように指示を受け、完成までの滞在を京平に引き受けてほしいというのもあった。

戦局の激しさはとうとうここまでやってきた。京平の長男京吾にも召集令状がやってきた。京吾には重いぜんそくの持病があり徴兵されるのが遅かった。ようやく来た赤紙に、彼は「男子としてうれしい」と言い、出征し満洲へ渡った。

全国の都市が空襲の危機にさらされ首都東京にも危険が迫ってきた。十九年に入って山本家は和歌山の御坊へ疎開することになった。長男義正さんは学生なので学校と行動をともにし、長女澄子さんも女学校の行動にしたがった。禮子夫人と次女正子さん、次男忠夫さんとで、付き添いの人間は初子がただ一人である。

和歌山の住居は、神戸の潮崎海運の社長が、自宅は芦屋にあるのだが、自分の出身地の生家を建て直した別荘があり、海を見下ろす小高い丘全体が庭となっていて登りの途中に離れ屋敷がある。そこに住まうことになった。

そのころには一家の後見人であった堀悌吉は日本飛行機から浦賀船渠株式会社の社長に転任していた。そこは浦賀ドックの運営会社である。浦賀ドックは江戸末期に幕府が軍艦の必要を感じ、勘定奉行小栗上野介に命じてフランス式の技術で作らせたものでアジア最大の規模を誇り、明治政府になっても日本海軍を支えた施設である。堀のフランス流感性が生きたのだろう。堀は山本五十六の遺族を気づかい、仕事で交流があった潮崎海運の船舶王に、どこか安全な場所を依頼したものと思われる。そんなところから船舶王は和歌山にある自分の別荘の離れを提供してくれたのではないだろうか。そして船舶王の娘婿は、初子も東京でたびたび顔を合わせていた関係省庁の官吏だったそうだ。後年初子はテレビのニュースなどでその人物を発見し驚いていた。東大卒の彼は保守党内閣で大臣を歴任していた。

一家が和歌山へ向かって旅立ったとき、初子は一人後始末で遅くなった。夕暮れ時にようやく目的地に着くと、みんな所在なさそうにして初子を待っていた。幼い忠夫さんは大きな庭石に腰かけていて、足元の踏み石に一つひとつに文字が書かれていて「ハ・ッ・チ・ャ・ン・ハ・ヤ・ク・コ・イ」と記されていたそうな……。

翌日の朝早く船舶王が魚を数匹ぶら下げてきた。魚をさばいてくれてそれまで生魚に触ったことのない初子に手ほどきをしてくれた。

「あんたができるようにならんと、みな飢え死にするんだよ」

そう言われたことを初子は忘れられない。それから毎朝のように土間に数匹の魚が置いてあった。南の海の魚なので見たことのない色どりや形だった。船舶王は鶏もぶら下げてきた。羽根のむしり方、さばき方も教えてくれ、初子は懸命に鶏のさばき方も覚えた。しかし魚をさばくのは上手になったが、鶏の処理は苦手で、のちのちも丸々一羽の鴨や雉を見ると目をそむけていた。しばらくはそこには穏やかな生活があった。

全国の都市に空襲があい続く中、十九年末名古屋螺子製作所本社が空襲され操業停止をしたが、郊外の岩倉第二工場は無事で、吉田工場とともに操業を続けられた。

翌二十年に入り、東京が三月と五月、六月の数度にわたる大空襲を受け甚大な被害にあった。山本家は五月の空襲の被害を受けている。知らせを受けて一家は御坊から東京へ戻った。焼け野原の街並みの中で青山の家はかろうじて全焼を免れ一部が残った。初子は吉田の京平とようやく連絡が取れて、「戻ってくるように」と指示された。禮子夫人に帰郷する旨を伝えると、夫人はさびしそうに「ハッちゃんも帰っちゃうの……」と言って、「これ、持っていきなさい」と焼け残った奥の部屋の床の間にあった置物を風呂敷に包んで渡してくれた。船の模型のようなものだったが、帰ってから京平に渡したがその後どうなったかわからなくなってしまっている。

山本家の窮状を感じた京平は、初子の代わりに自宅の女中であったキヨを東京へ差し向けた。

迷彩色がほどこされている太平洋戦争中の吉田織物と防具工場（昭和 18 年ごろ）

吉田織物工場のノコギリ屋根（昭和 18 年ごろ）

キヨは戦後しばらく勤めてから帰郷し、隣町のパン屋へ嫁ぎおかみさんになっている。

八月一日、長岡の街も空襲を受け、B29からの焼夷弾によって焼き払われてしまった。夜空を焦がす赤い炎は、三十数キロ離れた吉田からも不気味に映って見えた。京平は翌朝、初子を焦土と化した長岡の街へ様子見に差し向けた。家を焼かれた反町栄一は、その後しばらく吉田に来て暮らした。

八月六日広島、九日長崎と原子爆弾が投下された。

蒲原地方は比較的穏やかで、田んぼは一面の緑で覆われ収穫の秋へと向かっていた。吉田の京平の織物、防具、螺子の三工場は粛々と操業を続けていた。

八月十五日終戦

初子はこの年の秋、結婚することになった。相手の聡は名古屋螺子吉田工場に派遣されてきた技術者で、京平の指示にしたがってお見合いで決まった。聡は吉田近郊の村の農家に生まれ、長岡工業中学校機械科卒業後、名古屋螺子製作所に就職し、しばらくして召集されて戦車隊に配属され外地にいたが技術者不足の状況下で呼び戻され、再び名古屋螺子で勤務していた。ところが郷里に名古屋螺子の工場ができることになり派遣されてきたのである。真偽のほどはわからないが、そのときの工場長には二人の娘がいて、彼が娘の婿にとひそかに呼んだのだが、京平が初子にと横取りしたという噂もあった。

婚約も調い、結婚への報告と顔見せを兼ねて旧盆の休みに二人は聡の村へ行った。墓参りをして聡の家で祝いの膳についた。このご時世であっても、農家にはごちそうと酒が用意されていた。聡の実家は地主であったが、早々に父親が他界、母親のソメが男子三人、女子二人の子どもを育て上げた。使用人もいる大農家を差配していた厳格な人だった。そのような事情からも、三男聡のこの結婚話には積極的だった。聡にしてもそれまでの戦地での過酷な体験を振り返れば、落ち着いて先に明かりの見えそうな結婚に希望を賭けたことだろう。彼にとっても実家にとっても願ったりかなったりの「玉の輿」と言っていいものだったには違いない。

宴会は賑わい、二人が夕刻近くに吉田の家に戻ると会社の事務所に家人や職員らが集まっていた。みな沈鬱な表情で押し黙っている。八月十五日のことである。そこに少し酔って赤い顔をした聡と初子が入ってきたものだから言いようのない空気が漂った。のちに会社の幹部たちから「あんな了見の婿で大丈夫だろうか……」などと言われていたようだ。

京平は玉音放送を聞いて事態の成りゆきを悟り、「自分は逮捕されるか、腹を切るしかない」といったんは覚悟したとのことである。

マッカーサーが厚木飛行場に降り立ちGHQの占領政策は始まった。やがて吉田の町役場にもGHQ米軍二七師団の三人の軍人がジープを乗りつけた。戦争遂行責任者は逮捕され公職から追放された。大政翼賛会では幹部、役員などが全国で数万人規模の公職追放となっている。

反町栄一は幹部として処分を受けたが、町の翼賛会壮年団長だった京平は追放を免れることができた。そして三つの軍需工場のうち防具製作所は解散され建物は解体させられた。織物工場は残された。螺子工場は軍需工場としてGHQに接収されることになったが、困難な交渉の結果、民需用として県知事認可を得て再稼働することができた。個々の裁定の内容については知ることのできないところだが、GHQの占領方針だったのだろう、向こう側にも何らかの思惑はあったものと考えられるのだが……。

京平は防具製作工場の解体や、他の二つの工場の整理などはやったものの、この先を考えれば、自分の家族、親族、従業員とその家族を含め、百数十人からの人間の生活がかかっている。兎にも角にも物も理念もない時代となってしまった。彼に強い理念はなかったかもしれないが、この先まずは生きていかねばならない。考えてみると彼の手元に大量の原材料という物資が残されていた。織物工場の綿糸、螺子工場には鋼材など、解体した防具工場の麻布や綿などなど、これらは返却しなければならない物資なのだが、すでに返却先の日本軍は存在しない。GHQに意向を聞いても彼らは関係ないものとして取り合ってくれない。行き先のない大量の物資が宙に浮いてしまっていたのである。京平はどうしたらいいものか考えあぐねた。

劇場を作る

しばらくの時を置いて、京平は「俺は菊五郎を呼べる劇場を作る！」と広言し立ち上がった。

六代目尾上菊五郎は、戦前から歌舞伎と踊りの大立者、世界三大名優という声も上がっていて、英国シェークスピア劇のローレンス・オリビエ、中国京劇の梅蘭芳と並び称されていた。菊五郎が英国訪問のおり、オリビエの舞台を見て感激し楽屋を訪ね、「藤娘」の舞扇と「ハムレット」の短剣とを交換している。京平は東京で菊五郎の舞台は見ていただろうが、そんなエピソードが彼の一流への憧憬を呼び起こしたものと想像される。彼は人を驚かせることが好きだったし、自らも楽しむことは嫌いではなかった。

戦時中、東京で米軍の爆撃が激しくなったころ、歌手の小林千代子は自分のステージ衣装が焼けるのをおそれ父親の実家へ衣装の類いを疎開させた。彼女は音楽大学の先輩であるオペラ歌手三浦環に師事していたが、そのうちには師から譲り受けた「マダム・バタフライ」の大切な舞台衣装もあったのである。同名映画の主題歌「涙の渡り鳥」が大ヒットして松竹少女歌劇にスカウトされ、水の江瀧子らとともに活躍していた。シャンソンのダミアの「人の気も知らないで」などもヒットさせている。ところが彼女自身も五月の大空襲で焼け出され、父親の実家である吉田の豆腐屋に身を寄せることになった。彼女自身は北海道小樽で生まれて上京し歌手になったのだが、田舎町の吉田では人気歌手がやってくるというのでちょっとした騒ぎだったようである。

敗戦で疲弊し沈んだ空気の中で人々を元気づけたいと、小林千代子は町に少女歌劇団を作るべく周囲を説得し活動を始めた。メンバーを募ったところ、県内あちらこちらから五〇〇人もの希望者が殺到した。彼女は町の料亭の大広間を借りて声楽を教え、ダンス、日舞、ピアノは東京からSKD、新宿ムーランなどの先生を呼んで厳しいレッスンをしたようだ。こうして「銀の星少女歌劇団」が誕生した。そんな動きを見ていた京平も立ち上がった。町や近郷の旦那衆から株主となってもらい、株式会社吉田劇場の設立に動いた。目標を失ってしまっていた彼にも町にも、生きていくための新たな何かが必要だったのだろう。意義のある何かをやらなければという強い衝動が京平の心の中に湧いてきたのだった。

ここに一人の人物が登場する。山崎醇之輔《じゅんのすけ》は若手の舞台美術家で、空襲で焼けた東京から蒲原の近郷の村に疎開していた。戦前から東宝で舞台や映画の美術に携わっていて、もともとはその世界の第一人者、伊藤熹朔《きさく》に師事していた。伊藤は外国映画の仕事も手がけており、前衛的な演劇空間なども提示していた人物である。その影響もあって山崎醇之輔もかなり斬新な演劇空間を得意としていたようだ。

京平と小林千代子と山崎醇之輔が、どのようにして結びついたのかは不明だが、とにかく京平は初めて会った若手美術家に自由に劇場を作らせたのである。本格的に歌劇やレビューやラインダンスができ、演劇も演芸もでき、映画も上映できて、しかも歌舞伎の菊五郎を呼べる劇場をと、これだけの要求があったらいったい何が自由なのかはわからなくなってしまうが、とにかく劇場の製作はスタートした。

山崎醇之輔は東宝の同僚の演出家兼美術家の三木三郎を呼んで、京平の屋敷に泊まり込みで作業を始めた。やがて設計が進み建設が始まると、またもう一人が東京からやってきて泊まり込んで仕事を始めた。大谷という三十路ほどの謎の女性である。「あの女の人はいったい何の仕事をしてるんだかねえ?」と周囲はいぶかっていた。彼女のほうはまったく屈託なく、ほぼ一日じゅう二階の部屋にいて夕刻になると「今日のおかずは何かしら……」なんて言って階段の手すりにもたれながら降りてくるような、およその時代の田舎ではお目にかかれないような人だったそうな。

京平の家の食堂は、十数人が座れる長テーブルを椅子で囲み、中央に京平が座り、子どもや客人たちが一緒にワイワイ食べるのが常だった。白飯と味噌汁、漬けものがあり、あと野菜の煮たものなんかがあり、たいがい魚の焼きものか煮つけが一人一品ついた。当時としては立派な食事だったと言っていい。

開場時期も迫り、舞台の大道具、小道具は織物工場の倉庫で従業員、保育園の保母たちが総出で手作りした。

そうやって敗戦後の暗闇の中、昭和二十二年三月、六代目菊五郎を呼べる「夢の殿堂、吉田劇場」は開場した。終戦からわずか一年半のことである。柿落としの興行は四日間にわたり行われた。華々しいものだった。京平は完成前に挨拶文を「新潟日報」の広告に載せている。

わが国最初のノンプロセニアム劇場として、各方面の異常な注目裡に着工中の当劇場は施工一ヶ年、数多の悪条件を克服してここに堂々施工、陽春三月八日を以って開場式をあげることになりました。

舞台と客席が直接につながるこの額縁なしの劇場は特にわが国劇場形式の革命とも言うべき設計であり、加えて理想的な観客席透視角度設計、本格クッペル・ホリゾントの設置、ワゴンステージによる舞台転換装置、さらにそれを効果づけるべくエフェクトマシン、及び四十数台に及ぶスポットライトの配置等の万全を期した照明設備、さらにまったく採算を無視した芸術の香り高い演劇、演芸、映画の常設的上演方針と百パーセントの接客奉仕経営は本劇場の誇りと致すところであります。

北陸に誇る唯一の新しい劇場吉田劇場の誕生、何卒、皆様の絶大なる御後援を切にお願い申し上げる次第です。

株式会社　吉田劇場

実に誇らしさと切々たる思いがこもっている。

柿落としの当日、関係者一同は来演者ともどもに壇上に並んで挨拶をした。主演歌手の東海林太郎と並んで立つ京平は高揚した面持ちをしており、また完成に至るまでの困難の数々を思って、設計の山崎醇之輔、三木三郎は感極まった表情でマイクに向かって挨拶をしている。演者の他に、照明、音響などの裏方も多数が東京からやってきていた。東宝の関係の人や松竹関連などなど。舞台挨拶の中央で、京平と東海林太郎と並んでにこやかな表情で品のいい和服を召した初代支配人、謎の人、大谷女史の存在も大きかったに違いない。

会場に入ったほとんどの観客は、初めて見る光景に目を見張った。終戦後の重苦しく暗い世相に、青空や夕焼け空や星空、あふれかえる光の乱舞……館内で繰り広げられる世界に息をのんだ。それにしてもわずか一年半、資材も何もかも不足していた日本でどうしてこんなことが起こり得たのか多くは謎のままであるが、ただ言えることはＧＨＱの協力が得られなければ不可能な事業であったことは間違いない。

ＧＨＱは戦後混乱の日本社会の安定のため、欧米型民主主義の導入を図り、政治、経済、教育、社会制度の改革などとともに、食糧と娯楽の提供も重要に考えていた。吉田劇場でも映画の上映前には必ずパラマウントニュースを流し、アメリカの豊かさをこれでもかというほど披露され、ハリウッド映画の名作も次々と公開されていた。

「地方で最新の劇場を作った人物がいる」という話題は東京の興業界でもかなり評判を呼んだようだ。戦前から浅草で劇団澤村一座を率いていた沢村国太郎は、沢村貞子と、出征し南方の島から復員した弟加東大介を伴って、東京からわざわざ京平を訪ねている。「焼き払われた浅草に劇場を作ってもらえないか、絶対にもうけてみせますから」という懇願だった。京平にはそこまでの野望や余力はなく引き受けることはできなかった。当日お茶を出した初子は、座敷に正座した三人の真剣なまなざしを、のちのちTVでそれぞれの顔を見るたびに思いだすと言っていた。

　小林千代子の「銀の星少女歌劇団」は劇団の本拠地を得て活動に力が入った。東横劇場での東京公演も果たし、関西の舞台でも活動して、GHQのキャンプの慰問も行い評判も取り始めていた。京平は劇場の裏手に新たな稽古場と小さな宿舎も建てた。

吉田劇場の正面風景

　一方、吉田劇場が開場してからは京平と反町栄一の関係は誰からも話を聞かない。これは想像の域をでないのだが、GHQに親しく接近し機嫌を伺うような京平を見て反町は、「あの男はやっぱり一介の商売人にすぎない、気概も信念もない」と苦々しく思ったかもしれないし、京平は京平で「もはや時代は変わってしまった、反町に頼むべきものはない」と思ったのかもしれない。交流はまったく途絶えてしまったようだ。原因はおそらく、前者の事情によるものと考えられる。

劇場へは大物芸人たちが次々とやってきている。それは東京に劇場も食糧も不足していた理由とともに、初代支配人となった大谷女史の存在と手腕が大きかったのだろう。しかし二、三年もたつと、東京の興業界も復興し、山崎や三木、それに照明、音響技師たちは地元の若者に技術指導をして東京へ戻り始めた。大谷女史も東京へ戻っていったが、多くの芸人や歌手の手配に関わっていたようだ。

東京の興業界の情報を耳にしていた小林千代子は、「銀の星少女歌劇団」の活動を停止し単身東京へ戻った。彼女を追って「銀の星」のメンバー数人も上京して芸能生活を続けた。しかし時代は変化していて千代子に大きな舞台はまわってこなかった。彼女は表舞台から裏方へまわり、歌唱などで若手を指導した。

昭和二十年代から三十年代前半の約十年、皮肉にも生き方を変えたこの時期が京平にとって絶頂期だったと言っていいだろう。念願だった菊五郎を吉田劇場に迎えることもでき、劇場の体制も何とか整ってきていた。

初めての上京

昭和二十一年（一九四六）の八月、初子の長男、京平とセキの初孫として那津夫は生まれた。

曽祖父の京三郎はまだ生きていたが、ほとんど床についていて、幼い那津夫がはっていくと身体を起こし「ホイ、ホイ、来たか、来たか糞袋……」と言いつつ股ぐらに入れてくれていたそうだ。だが那津夫には曽祖父の記憶というものはない。京三郎は亡くなる前に戸板を用意させ、その上の布団に横たわって、従業員たちに屋敷や工場の敷地をぐるりと一周させ「ウン、ウン」とうなずいて見てまわり、しばらくして往生したという。那津夫の父聡も戸板を抱えたと言う。

物不足の時代であったから綿布、ガーゼなどが飛ぶように売れ織物工場は早朝から夜遅くまで稼働した。旋盤で金属部品を作る螺子工場も忙しかった。

京平の妻セキは、長年にわたりし切っていた機場を離れることになり、好きなように動ける時間ができた。那津夫は年少前から日の丸保育園に預けられ、保母たちはみな那津夫が遠藤家の孫であることを知っている。冬、大きな薪ストーブの囲い柵にもたれて暖をとっていると、金田先生と中村先生が「ナッチャン、今度東京へ行くんだってねえ、いいねえ、私たち東京行ったことがないの、帰ってきたらいっぱい話、聞かせてね」と言う。那津夫は知らなかったけれど、この冬休みに京平とセキに連れられて東京へ行くことになっていたのだ。

京平はすでに世田谷に一軒家を買っており、女中も雇っていた。次男信吉はそこから私立大学へ通っていた。

出発当日の朝、雪は降りこそしなかったがあたり一面真っ白だった。冬の外出用の身支度をした京平とセキのところへ行った那津夫は、外套を着て足元はゴム長靴であった。彼にはそれが当たり前に思えた。

弥彦線を東三条で上越線経由上野行きの汽車に乗り換える。真っ黒な蒸気機関車が七、八両の焦げ茶色の客車を引き連れてきた。中ほどの当時最高級の二等車で、那津夫は二人に手を引かれて車体に白いラインがあるその客車へ入っていった。青い座席の背もたれには白いカバーがかかっていた。

発車した列車は、越後平野の雪の中を煙を立てて走っていく。京平は黙ったままでいるがセキは蜜柑《みかん》の皮をむいてくれ、窓の外の風景をあれこれ説明してくれた。しだいに那津夫は気分が悪くなってきた。黙って青くなっている那津夫にセキは「寝たらいい」とうながすが、生あくびが出るだけで寝ようにも寝られない。吐き気がして手ぬぐいにゲロを吐いた。オレンジ色の溶けた蜜柑が出てきた。げんなりしていたが、またも強い吐き気に襲われ吐いたので、座席を汚してはいけないとセキがトイレに連れていった。トイレでは苦い胃液が出るばかりで、セキが水やお茶、手ぬぐいを持ってきてくれたが、那津夫は座席に戻らず、一等車と普通車の連結器の上でドアの取っ手につかまり、足元のすきまに流れる線路に目を落としながら嘔吐した。胃の中が空っぽになって落ち着いたので、座席に戻ってうずくまっていた。しばらくしてぼんやり窓の外を眺めていたら「もうすぐ清水トンネルだよ、ここは線路がぐるっとまわっていってトンネルに入るからね」とセキが説明してくれた。那津夫はボーッとその山国の雪景色を眺めた。京平はずーっと黙ったまま座っている。

国境の長いトンネルを抜けると青空だった。車窓から斜めに降り注ぐ日の光を受けてまぶしい。京平がブラインドを下ろし、気分も落ち着いてきてウトウトした。列車は山間の曲がりくねった線路から平地に入っていき、遠くの丘に白い観音様が見えてようやく高崎駅に着いた。蒸気機関車の給水や何かで三十分の停車があった。

「こっから先はもうすぐだ。昔はここまで信越線で信州をぐるっとまわってきたもんだ。ずいぶんと近くなった」

と京平がやっと口を開いた。

「そうらったねえ、そっちからくる汽車の乗り継ぎを待ってるから、まだだいぶ時間があるすけホームに降りてみるか、外のほうが空気がいいすけ……」

セキが那津夫の手を引いてホームに降りた。二人でベンチに腰かけていると、駅員や弁当売りなんかが前を通りアイスクリーム屋がやってきた。

「さっぱりするすけ、アイス、食べるか」

セキは立ち上がって買ってくれた。「こんな寒いときにアイスがあるのか」と驚きながら、彼はオーロラアイスという名の円筒状の表面の紙をむいて、赤や黄、オレンジ、緑色が入り混じった冷たいものをなめた。

列車は平坦な土地をただただ直進していく。那津夫の乗り物酔いもだいぶ治まって、半分死んだような半分生きているような状態で静かにうずくまっていた。

やがて列車は上野駅の大きな構内の行き止まりのホームへ入線した。大変な混雑である。人々の行き交う中を叔母の亜喜子がホームまで小走りで迎えにきた。亜喜子は衣服の専門学校に通っていて寮生活をしている。階段を下りて橙色の地下鉄に乗り渋谷で亜喜子と別れて、三人はまた緑色の電車に乗り換えて私鉄の駅に着いたころは夜になりかかっていたが、那津夫は元気を取り戻していた。駅前広場のパン屋にはこうこうと明かりがついている。白衣の店員が一メートルもあろう長い食パンをかついで店に並べている。駅前からタクシーに乗って世田谷の家に着いた。

翌朝那津夫はすっかり元気になった。早くに目覚め家の内、外を見て歩いた。木造の家は田舎の家に比べると小さいが、門構えからすぐに玄関が続き、左手に小さな芝生の庭がある。京平が知人の紹介か依頼で購入したものらしい。

この日は祖父、祖母とともに都内見物に出かけることになっていた。セキが那津夫のゴム長靴を「これでは連れて歩けない」と、駅のガード下の靴店で新しい靴を買ってくれることになった。壁の棚から店のオヤジさんは小さな一足の靴を取り出してきた。那津夫の足にぴったりと合った。黒革の飾り模様のついた流行のもので、オヤジさんもしきりとすすめてくれるので祖母はそれにした。前掛けをしたオヤジさんは靴を作業台へ持っていって、皮の靴底の前とうしろの部分に金槌で小さな金具を打ちつけた。歩くとカツ、カツと都会の音がした。

まず九段の靖國神社へ向かった。京平とセキの長男京吾が祀られているらしい。京吾は満洲からシベリアへ抑留されてそこで病死したとの通知はあったものの、遺骨、遺品は何もなく確かなことはわかっていないがまずはお祈りに向かった。参道を歩いていくといろんな戦争の記念物があって、これは「爆弾三勇士」「日露戦争の旅順港封鎖のときの広瀬中佐だ」などと京平が説明してくれるのだが、那津夫にとってはただの銅板レリーフの物語にしかすぎない。

ついで皇居前広場へ行き二重橋越しに皇居を拝む。かつては近衛兵として任務にはげんでいた場所だが京平は何も話さない。セキはただただ「立派だねえ、立派だねえ」としか言わない。そして上野へ行き西郷さんの銅像を見た。公園下の階段で「この階段を歩きながら美空ひばりが歌ったんだよねえ」と那津夫がセキに話しかけると「そうだかねえ」の返事があった。確かそんなシーンを彼は映画で見たばかりだった。街も道路も混雑していて、GIハットにカーキ色のウールの軍服を着ている進駐軍兵士と女性兵士を交えたグループが人混みの歩道を歩いている。道路の交差点で車の流れを白い台に乗った警官が警笛と身ぶりで裁いている。それから日本橋三越へ寄った。入り口にあるライオン像を見て「立派だねえ、ホラ那津夫よく触ってみなせ」とセキにうながされて伸び上がって足に触った。セキはそれから店内でいろいろと買い物をしたようだ。

翌日京平は所用のため別行動で、二人は渋谷のハチ公前で亜喜子叔母さんと待ち合わせて上野動物園へ行った。象や猿山を見て歩き、そのあと食事をしてからタクシーに乗って、降りると大きな通りに面した劇場があった。受付窓口で叔母が話をしたら中に通してくれた。入るとすぐ右手に事務室があって、入り口脇のソファに案内された。那津夫には何だか見覚えのある知っていたかのような感じがした。三十歳代ほどの女性がきて、セキと叔母と親しく話し合っている。そして係員に案内されて二階の客席へ向かった。舞台では新派の芝居が行われていた。「花柳章太郎だよ、ああ、やっぱり八重子はキレイだねえ」などと二人は小声でささやき合っていたが、彼には何がどうなっているのかわからなかった。

劇場を出て夕暮れのネオンを見ようと銀座へ向かった。荒廃した日本の復興の象徴の一つが銀座のネオンの復活だった。ビルの屋上にある大きなビールジョッキから白い光の泡が吹きこぼれる光景を、祖母と叔母と三人で繰り返し見続けた。

もう一つ銀座のネオンでは、大きな地球のまわりを森永キャラメルの文字がまわっているものが有名だったが、これは後年高度成長期に赤富士の大作で人気を博した日本画家横山操がデザインしたものだそうである。横山は小学校を出てすぐ上京し、看板屋で住み込み弟子として働き画家を目指していたが、徴兵され満洲で兵役につき、戦後シベリアへ抑留されて画業中断、帰国後もとの職場に復帰し、苦難の末に画家として成功した人物である。

翌日もまた亜喜子叔母さんと渋谷のハチ公で待ち合わせて、歌舞伎座へ行った。舞台を見ても那津夫にはさっぱりわからない。独特な派手な色彩と甲高い声音だけが印象に残っている。その後は遠出せずに近くに住んでいる親戚を訪ねたりしていたが、那津夫の希望で遊園地に行った。二子玉川園が近いということで、そこで観覧車や遊具に乗ったが、彼一人が乗って祖母が見ているという構図は楽しいものではなかった。

ひまに任せて彼は近所を散策に出かけた。表通りへ出る角に植木屋があって樹木がたくさんあるが、そこ以外は一戸建ての住宅がきっちりと並んでいる。角を右手に駅の反対側へ行ってみると、ゆるやかな灰色の上り坂道が上っていて、両側にはやっぱり家が並んでいた。静かだった。天気は毎日快晴で天高く青空が広がっている。坂道の上方から那津夫のほうに向かって、双胴の飛行機が銀色に光りながら低く飛んできた。

昭和二十五年六月、朝鮮戦争が勃発した。


いよいよ帰りの日がやってきて、列車の中で那津夫はまた乗り物酔いで苦しんで吐いたりしたが、行きのときよりはだいぶ楽になっていた。京平は一連の那津夫の様子を静かに見ていたが、器量を計っていたのかもしれない。「この子は大きなことには役に立ちそうもない」と……。

保育園に登園すると金田先生、中村先生たちが那津夫に東京の話を聞きたがって集まってきた。

「靖國神社で爆弾三勇士を見た」

「何それ？」

「三人で兵隊が爆弾を抱えて敵へ突っ込んだんだよ」

「えっ、それじゃあ死んじゃうじゃない？　死んじゃうよね、かわいそう……」

「広瀬中佐が旅順の港を封鎖するために、軍艦を沈めるとき、部下の杉野兵曹長がいないのに気がついて、沈んでいく船に残って探しまわるんだよ」

「それじゃあ死んじゃうんじゃない……」

那津夫は手のひらを口元に寄せて、

「杉野やいずこー！　杉野やいずこー！」

靖國神社にあったレリーフの形をして叫んでみせた。また馬に乗った軍人の銅像や、進駐軍がいっぱいいたこと、米軍の飛行機が頭の上をかすめて飛んできた話、上野公園で象やキリンやカバや猿山を見たり、銀座のビールの泡のネオンの話などしゃべりまくった。保母たちは「ナッちゃんの話はおもしろい」と次々続きを要求してくるので、調子に乗って「宮城で天皇陛下を見た」と、ありもしない話をでっち上げ「天皇陛下が宮城の屋根に登っていて、マッカーサーと一緒にいた」などと支離滅裂な話を盛り上げすぎてしまい、「なーんだ、ナッちゃんウソばっかり言ってるんだから、どれがホントでどれがウソだかわかんなってしまった……でもおもしろかった……」と笑い飛ばされる始末となった。彼の妄想癖はそのころから今に至るまで変わってないようだ。三越のライオン像にはまたがったことになっている。

しかし人はどうしてウソの話や絵空事をおもしろがるのだろうか……本当のことを真心をこめて延々と話してもたいがい興味を持ってくれない、むしろ引いていかれることのほうが多いもの。ほとんどの人生はそれほどおもしろいものでもなく、ドラマのようにはいかないものなのだ。彼は幼少の身でその真実を知ってしまった。だから自身の乗り物酔いに苦しんだという事実はみじんも話していない。

翌年那津夫は再び上京した。今度は母親初子と妹圭子が一緒だった。初子は那津夫の乗り物酔いに十分に気をつけていたが、やっぱり嘔吐した。しかし注意したせいで前よりも軽くすんだ。三人で戦時中お務めしていた青山の山本邸を訪れた。禮子夫人は病床についてなく普通に日常生活をしていた。夫人と初子はおそらく戦後の過ごし方やみなの消息を話していたのだろうが、その会話をさえ切って兄妹がわれ先にと口を出す。「えーと私は圭子、何歳、ウチのトーチャンはサトシと言います。サトシは酒を飲んで酔っぱらうとこんなふうになって……」などと酔っぱらいのまねをしたりと二人競って大騒ぎだった。夫人が「保育園に行っているのね」と聞くと「えーとねえ、一番エライのが本田先生で次は鈴木先生で金田先生はいっつも本田先生に叱られるの、中村先生は優しいけどデブ……」。しゃべりまくる二人に夫人は終始ニコニコして穏やかに聞いていた。初子は、あのときは本当に恥ずかしかったと繰り返し言っていた。

社会は変わる

ＧＨＱの政策のもとで社会が大きく変わっていった。農地解放によって全国の大庄屋、大地主が没落した。越後でも例外はなく、ことに蒲原の盟主として君臨していた吉田の今田家も膨大な農地を失った。他の大地主の多くは破産整理をしてその地を去っている。しかし機を見るに敏な今田家の当主豪流は、いち早く所有する農地を山林に替えてできるだけ損失を少なくし、商売を工夫するなどして戦後処理の対応に大わらわであったが、社会的地位と体面は何とか保っていた。それらのうちには「越後毒消し丸」の製薬や味噌醤油製造があり、塩作りもあった。

吉田から見る弥彦山の裏側には「間瀬」という古くからの漁村がある。奇岩や岩礁、遠浅の砂浜もある風光明媚な村だが、足の便が悪い。南北に延びている浜の両端は断崖で閉ざされており、通路は背後の峠越えのくねった山道が一本しかなく孤立していた。その村に製塩を企てた今田様だが、途中、村側との交渉がうまくいかず、浜への出入りが困難となってしまった。そのおりに京平は今田様から間瀬にある別荘を買ってくれないかと頼まれて引き受けている。

別荘は背後の山の麓にあって、弥彦山にかかる斜面の三百坪ほどを平地に開き、階段をちょうど百段上がったところに平屋が建てられている。登り口の石段の前に立つと上には神社仏閣があるのかしらと思わせる。上がってみると黒松の林を透かして眼下に集落の屋根が広がり、港と浜が見え、遠く海の向こうに佐渡島が大きく横たわる。水源は山の横腹の岩盤をうがって水脈を見つけためている。建物には大小六つほど畳の部屋があり、一つは炉が切ってある茶室である。他に大きな板張りの台所と風呂、便所が備わっていた。

京平は夏になるとそこへ家族、親戚、縁者を連れていくのを恒例として楽しんだ。自らの成功の証しを感じる場所でもあったのだろう。那津夫は夏休みに京平に別荘に連れていかれるのが楽しみだった。会社のトラックの荷台に座席を取りつけ、みんな一緒に乗っていくのだけれど、峠越えの山道に那津夫はいつも苦しんだ。運転手の清水さんは彼の乗り物酔いのことを知っているから、できるだけ揺らさないよう運転してくれるのだが、いつも一、二度は吐いた。しかし別荘での日々を思えばいくらでも我慢できて何としてでもたどりつきたかった。翌日からはすっかり別人となって遊んだ。

京平も子どもたちを引き連れて、海水パンツに麦わら帽子で進駐軍にもらったと思われるサングラスをかけて海に入った。帰ると大量に天麩羅を揚げ、小豆寒天流しも自分で作って子どもたちに食べさせた。そして京平は二、三日過ごして帰り、あとは食事係兼見張り番の大人だけを残しそこは子どもたちの天国となった。那津夫はいつも夏休みの宿題を抱えていったがほとんど真っ白いページのまま持ち帰っていた。朝夕の海の美しさ、波の音、満天の星、それから松林を通して見える海の広がり、遠くに見える佐渡島。すべてのものから醸し出された夢のような時間、彼はそこでいくつかの奇跡と呼べることを経験している。

間瀬の浜はかつて鮑や栄螺《さざえ》の宝庫だったと村人から聞いたことがある。それは大河津分水の開通する前のことで、今では分水から放流される信濃川の真水による海水塩分濃度の変化によって、海藻類、魚介類の生息範囲が変化したためらしい。岩牡蠣や浅利はとれるが鮑、栄螺はいなくなってしまった。このことは民俗学の書に、明治期以前日本海のこのあたりには佐渡海女と越後海女がおり、越後海女の本拠地は間瀬にあったと記されている。海岸沿いを暖流の対馬海流が南から北上し、冬の気温は内陸部より二、三度高い。出雲や丹後、能登方面からの海流を通したつながりがあったようだ。また北からのマリン海流も流れてくるので、鮭もとれ鰤もとれる。正月に年越魚というものがあるが、佐渡では加賀や富山のように鰤を食するが、越後の焼き魚は鮭の塩引きで、刺身は鰤を食べる。西の文化と東の文化で出会う接点なのかもしれない。見事に入り混じっているが厳密な首尾一貫性はない。

別荘にはこんなこともあったと話に聞いている。終戦後、昭和二十年代前半、新潟日報の連載小説を書くため新潟を訪れた壇一雄は越後の海岸をあちこちまわって気に入ったようだ。彼は無頼派の作家として、友人であった坂口安吾のつてで来たものと思われるのだが、ひと夏を日本海で過ごしたいがどこかいいところはないかと周囲に尋ねたようだ。めぐりめぐって知り合いから相談を受けた京平は、承諾し別荘を提供した。ふだん家に居つかない「火宅の人」の小説家は東京から幼い二人の姉弟を連れ出して、日本海をのぞむ浜辺の村でしばらくぶりの水入らずを過ごしたようである。帰り際に小説家は別荘に「松濤閣」と命名し置き土産として残している。

京平はまた商売にも大いに利用していた。間瀬へ行く峠道の入り口に「岩室」という蒲原の代表的な温泉場がある。旅館も一〇軒ほどあり京平は常連客であった。京平は別荘の敷地いっぱいの松の木に縄を張って提灯で飾り、岩室の芸者を総揚げしてＧＨＱの軍人たちを供宴したことがたびたびあった、と村の記録に残っている。彼らはジープで乗りつけて一〇〇段の石段をそのまま踏破したそうである。浜へ大型モーターボートで上陸した者たちもあって、さながら間瀬海岸上陸作戦が展開されたようであっただろう。モーターボートはそのまま浜に置かれて、ＧＨＱから京平へお土産としてプレゼントされた。しばらくの間モーターボートは浜辺に置いてあり、織物工場の若者たちが休日に沖へ出して航海したりしていた。那津夫も「おいナッちゃん、おまえも乗れや」と抱えられ、数人の従業員に混じって沖を波を切って爽快に走ったことがある。その後、浜辺に置いたままの船外機のモーターエンジンに村の子どもたちが砂を投げこんだため動かなくなった。木製の大きな船体は吉田へ運ばれて会社の倉庫にホコリをかぶって眠っていたが、あるとき倉庫から引き出されて太い丸太と金属の装具で組み立てられ、シーソーとして復活し日の丸保育園の遊び場で園児たちを乗せてユラユラと揺れて余生を過ごした。

これらのことからしても、その数年前の戦争とはいったい何だったのかと思わされてしまう。あまりにも行動様式、思考が違う……。そして今の時代となって世界はより「力ずく」で何でも覆い尽くすことが当たり前となっていやしないだろうかと懸念している。

占領政策が民主県政へ移行され、初代新潟県知事は岡田正平であった。京平は選挙を通して岡田と親しくなった。県の役人が出張で上京するにしても、統制下で食事や宿舎で難渋することが多かった。それを知った京平は世田谷の家を提供し、役人の上京の際の宿と食事の面倒を見ている。そんな関係から頼まれごとも生まれていったようである。何しろまだ戦後ドサクサの時代であった。

県知事岡田正平は魚沼、十日町の出身で、弟岡田紅陽は紙幣に使われている富士山を撮った写真家として第一人者である。東京で写真館を開いており、京平はたびたび立ち寄って面倒を見たらしい。吉田の屋敷の玄関正面には紅陽のモノクロームの大きな富士山の写真が飾られていた。

東京女子医大教授榊原仟《しげる》は日本で最初の心臓手術に成功しそのあとも実績を重ね名声を高めた外科医師だが、日本初の心臓手術を東大教授木本誠二と競っていた若手時代、物資の困窮で生活に苦労していた。経緯は定かではないのだが、京平は何度か榊原の家にも支援に訪れたことがあるようだ。のちに那津夫の父聡の中学時代の友人が、「娘が先天性心臓病疾患で余命いくばくもなく、唯一の希望は心臓の手術で、女子医大の榊原教授にしか執刀できないそうだけど、大変な順番待ちで途方にくれている。何とか京平から榊原教授へお願いしてもらうことはできないだろうか」とわらにもすがる必死の依頼があった。聡が京平に話すと、連絡が取れたようで優先的に診てもらえ、手術は成功し女子は一命をとりとめた。那津夫は祖父の話やエピソードを聞かされると、「本当なんだろうか?」といぶかしく思ったことがあった。だけどその話は「本当だったんだ」と若干の尊敬の念も抱いたのである。

テレビが出始めのころ、社会もだいぶ落ち着いていたが、座敷で一〇人ほどでテレビを見ていたら、終戦後まもなくの映像が流れ、水泳の古橋と橋爪が泳いでいた。古橋廣之進は四〇〇メートル、一五〇〇メートル自由形で世界新記録を樹立してあっと言わせ、敗戦で沈み込んでいた日本じゅうを熱狂させた。京平が「あの世界新記録は俺が出させてやったようなものだ」と少々得意気に話した。「えっ、どういうこと?」と誰かが聞き直すと「俺が古橋たちに牛肉をいっぱい食わせてやったからだ」という返事が返ってきた。つまり世田谷の家近くに古橋たちの練習場か何かがあり、食うや食わずにトレーニングしていることをどこからか耳にした京平はみんなを呼んでスキ焼きを振る舞ったんだそうだ。「ホント?」「えーっ」との疑問の声も上がったが那津夫は今でも本当だと思っている。祖父についてのあれこれのエピソードは、少なくとも那津夫の描いてきた妄想や絵空事に比べれば信ぴょう性は高い。「越後から米搗きに来る」のことわざもあるように、京平は戦後のドサクサの時代に足しげく東京へ通っていた。「俺はよく人さまから社長さんはどこの大学の出身ですか?」と聞かれることがあるが、「俺は社会大学の出身だと答えている」などとうそぶいていた。

世の中の大変動の中で、京平の織物会社は販売拡大を図って同業の「星幸」と共同で新会社を設立し、京平が社長に就任している。「星幸」の後継ぎ幸三は、高等学校を出ていて政治に興味を持っていた。

町長に立候補した幸三は当選し、新たに町の商工会長となった京平とともに、吉田劇場を核とした駅前活性化と、隣接する稲荷池を囲む低湿地に大量の土砂を投入して土地造成して新しい街をつくる都市計画を立案した。商店街と住宅地を区分し、商業地の道路にはスズラン灯をつけ、中心道路の交差点にロータリーとシンボルとなる明かりを設置した。計画は実行されて駅前にちょっとした繁華街ができた。区画された新しい街が誕生していった。

続いたのが県立病院の吉田町への誘致である。西蒲原地域において明治以来、県の多くの施設は巻町に置かれた。警察署、税務署、裁判所、県支所、それと高校もしかりで、郡都と言われていた。県立病院計画が発案されると吉田町はいち早く誘致に動いたが、巻町側は自分のところに来ると悠然とかまえていた。二つの町の綱引き合戦に西蒲原は湧いた。このときに県立吉田病院設立のための国への陳情で、幸三と京平は厚生省保険課長の小沢辰男と知り合う。

小沢は新潟市出身、東大卒で将来の身の振り方を考えていた。彼の国会議員への進出の野望を知り二人は応援を買って出た。小沢は市内の豪商の出で新潟市に地盤はあるものの、選挙区でもある西蒲原ではまったく無名だった。何度かの会合を経たあと、吉田の京平の屋敷の応接間で「西蒲原の票は集める！」という京平の言葉で小沢辰男は厚生省を辞し衆議院議員への立候補を決断した。京平は西蒲原後援会沢竜会長として活動し小沢のトップ当選を果たした。しばらくして県立病院は、大方の予想に反して吉田に設立することに決定したのである。「星幸」と「加京」の連合は、旧体然としていた社会に新風を吹き込んで勢いを増していった。

小沢辰男は衆議院議員として自民党田中派に属し、四奉行の一人として活動し、西蒲原に角栄型政治を導入し絶大な力を持っていたが、ロッキード事件の田中角栄逮捕に続く政界の混乱の中で自民党を離れて野党に下り沢竜会は迷走、やがて力を失って小沢の死去とともに解散している。

今田様は県立病院の吉田設立に賛成しなかった。すでに自前で町内に内科病院を持っていた、とそれだけの理由でもなかったようだ。

町の盟主として君臨していた今田様は、農地開放などによる戦後処理に大わらわだったが、それでも町内でまだ多くの土地、家屋を保有し体面を保っていた。

少年のころ

那津夫が小学校へ上がる年の正月、めずらしく父が映画に行こうと言った。彼はそれ以前から、祖父や知り合いに連れられて吉劇に映画を見に行っていた。ディズニーの「バンビ」や「ジャングルブック」などを見ているし、保育園の発表会では先生方の忖度もあって金太郎に扮し、ひのき舞台さえ踏んでいた。父が見せたかった映画はアメリカの戦争映画「サハラ戦車隊」だった。自身の戦争の話をしたがらなかったが、父にとって戦車隊には特別な郷愁のようなもの、胸躍るものがあったに違いない。

家の戸棚に数冊の写真アルバムがある。古ぼけた二冊に父の満洲での戦車隊の写真がある。誇らしそうに一人で戦車の前でポーズしているものや、戦友たちとの数々のセピア色の写真が貼ってある。戦車隊の栄光だけは胸の内に消えず残っていたらしい。

吉劇の館内は超満員で人があふれてドアを閉められないほどだったが、その冬の大雪のせいで待てども待てどもフィルムが届かず見られなかった。そのころの映画館では一番館、二番館と序列があり、地方の系列館では近隣の映画館同士でフィルムをオートバイに積んでまわして上映していた。それ以後、父が息子を映画館に連れていった記憶はない。

小学生になった那津夫は、体の弱い子ではなく運動は活発で勉強もできた。しかし乗り物酔いは一向に治らず、遠足のバス旅行で女子から憐憫の目が集まるのがつらかった。

会社のいくつかの建物の真ん中に広場があり、昼休みや夕方に工員たちが草野球をする。たまに近所の子どもたちも入れてもらって遊んだ。子どもたちだけでやるときは野球道具を工場に借りに行くのだが、その役目はたいてい那津夫がやらされた。二階の奥まった工員の休憩室にある古びた木のバット、ゴムボール、綿がはみ出たグローブ、ボロボロのキャッチャーミット、それらが当時は宝物に思えた。了承をもらって作業中の機械の間をすり抜け二階へ上がるのだった。うなり続けるモーター、機械油の臭い、キューンと急に巻き起こる鋼鉄を削る旋盤の高音、そして細くらせんに放出される金属の切りくず。彼は父親の工場が好きではなかった。嫌いだった。本当を言えば恐ろしかったのだ。らせんの切りくずは広場にも散らばっていて、子どもたちは手足によくけがをしていた。それでも草野球は楽しく夢中で遊んだ。野球の他に好きなことは、わら半紙やノートの端っこに漫画や落書きをすることだった。

家の中に白い紙がなくなってしまったので、菓子箱の内側にふたの裏までビッシリと落書きをしたことがある。テーマは「○○会社の社長」。あるとき父親が箱が必要になりその箱を会社の事務所に持っていき、受注先に製品を入れて渡すために開けると内側から○○会社の社長さんたちがゾロゾロとあらわれ、相手も一緒に大ウケしたので、そのまま製品を詰めて渡したという。見られたくないものを見られてしまった那津夫は心の底から恥ずかしかった。

父はスポーツに関するものは積極的に買ってくれたが、那津夫が魅了され始めた音楽については授業で使うハーモニカ以外はダメだった。絵を描くことは何も言わずただおもしろがっていたようだ。しかし那津夫には何か恥ずかしいことをやっている、隠れてやらなければという思いがあったことも事実である。

また父はわりと記憶力のある人で、晩御飯に酒が入り気分がいいと歴史物語の断片を話してくれた。源平合戦の件《くだ》りや、太平記の楠木正成の奮戦、いざ鎌倉「鉢の木」の北条時頼など、戦前に覚えた軍記物や講談物だったが、子どもたちにせがまれて自身の戦争体験を少しずつ話すようになった。内地での習志野演習場から明治神宮外苑への戦車による行進、満洲での訓練や外国の街の話……。

六年生のある日、学校の休み時間にトシオが、

「ナツオ、おまえのジイさん、裁判で負けたなあ」

と突然話しかけてきた。

「えっ、何それ」

「ラジオで言ってたぞ、吉劇の裁判で、おまえのジイさん、負けたって」

疑問を抱えながら家に帰って聞くと、

「子どもは知らなくていいんだて」

母は教えてくれなかった。しだいにわかってきたところによると、三十年代に入ってTV、交通の発達などで客足が落ち、劇場用地の賃借問題でトラブルが発生し、用地所有者である今田様の当主豪流が劇場社長の京平を裁判所へ訴えたということである。

事態は数年前から起きていたらしく、京平は一審で敗れていて、二審でも敗訴となった。しかし内情は複雑で、両者に関わる第三者の影もあった。人間関係はもつれ、意地の張り合いの泥仕合の様相となってしまい最高裁判所まで上告されることとなり、もはや地方の大ニュースとなってしまっていた。そして京平はまたも負けてラジオニュースで敗北宣言の肉声が流されたのである。京平は社会的面目と多額の費用を失ってしまった。賠償金、裁判費用、弁護士費用、それに用地の原状返却と莫大な金額がのしかかってしまった。世田谷の家も、西川河畔の旅館「平和荘」も、他に所有地も売った。

終戦後、全国の庄屋や豪農、豪商はGHQの農地解放令によって所有する膨大な農地を小作人たちに安く売り渡さなければならなくなった。いかなる農家も自作できる以上の面積は所有できなくなり、生活を維持できなくなった大地主たちは破産して代々継いでいた土地から離散していった。

今田家当主豪流は鋭敏に情況を察知し、いちはやくかなりの農地を山林に代え、醸造、製薬などの事業を手がけ、厳しい状況の中で残された豪商としての体面を懸命に保っていたのである。その中では町内の所有地に関しての係争もいくつか抱えていたようであるが、劇場の建設、運営、朝鮮戦争による事業の復興など、憎っくきGHQにすり寄って派手な振舞いをする京平は特に許せなかったということもあったと思われる。

「だいたいウチは今田様から出た家で、言ってみれば本家と分家みたいな間柄で仲は悪くなかったんだ。農地解放や何かで今田様も大変だすけ、家具や何やかやいろいろ買ってやったし、いい物を買いたいという俺の仲間も紹介してやって螺鈿《らでん》のついた椅子やテーブルや戸棚なんかを貨車一両、名古屋に送ったときも手伝ってやった。間瀬の別荘だって頼んできたから買ってやったのに……」

京平は悔しさをにじませて語ったが、どのようにあらがおうとも現実は裁定されてしまったのだった。やがて吉劇の話は家のタブーになってしまった。

京平は町の土地開発で、「加京さはまた金もうけしてやがる」とさんざん陰口をたたかれ嫌気が差してしまったのか、事業の完成後「俺は土地では一切もうけていない」と公言していた。事実そうであったようで「加京さには便宜を図ってもらった」という町の人の声もある。そのあと京平は土地を扱う仕事はしていない。吉田劇場の土地問題の傷がトラウマになっていたようだ。高度成長期にはいろんな情報を先取りできる立場にもいたようだし、その筋から土地購入をすすめられたようだが不動産事業には足を入れなかった様子がある。

中学になって那津夫は野球部に入り、そこそこ活躍した。父はほめはしなかったが試合を見にきてうれしそうにしていた。しかし彼はその上のレベルではヒーローになれそうもない能力の限界を悟らされてしまった。高校へは、多くの同級生と一緒に彼も普通高校へと考えていたが、受験間際になり父が工業系の進学を希望していると担任教師に言われた。教師からのたび重なる説得があったが、まったく耳を貸さなかった。彼の頭の中に工業系というのは一ミリもなく、スポーツに熱中したいという情熱もない。ただ漠然と映画や音楽や絵画へのあこがれがあっただけだった。のちに当時の担任教師が「おまえさんは思ったより頑固だったなあ」と語っていた。

受験が近づいても彼は驚くほど勉強をせずにテレビに浸っていた。アメリカのテレビドラマが次々に放映され、コメディーありホームドラマ、西部劇、ヒューマンドラマありと見るに事欠かない。そんな那津夫の姿やテレビドラマに嫌な顔をしていた父だったが、那津夫が「コンバットは戦車隊のドラマだよ」と言うと、父は翌週こっそり見てそれから毎週かかさず見ていた。思いは違えど二人そろって見ることもたびたびだった。

高校に入り、美術と音楽の両方を勉強したかったがピアノが弾けないので美術部を選び、油絵具を買ってもらい油絵を始めデッサンを描いた。絵画用の油の臭いは機械と違って嫌いではなかった。デッサン用の木炭にもすぐに馴染んでいった。

ある日、いつもより早く父が急ぎ足で会社から戻ってきた。

「オーイ、指落としてしもうたっや」

玄関先で大声で母を呼んだ。父は右手を血でまだらに染まった布で支えていた。母は急いで救急箱を持って駆けつけ、指先をぐるぐる包帯をして何枚もタオルで包んだ。タオルが真っ赤になった。機械に指を挟んでしまったのである。作業着の左ポケットからチリ紙でくるんだ切断された指先を取り出し「これも持って言ったほうがいいだろうか……」と言いながら急いで病院へ向かった。しかし切断面がつぶれており縫合手術は難しく、右手人さし指の第一関節から先を失った。那津夫は戦慄した。父はしばらくして指先を見せ「これが小指だったらもっと貫禄がついたんだが……」、照れ隠しの軽口を言ったが、彼にはそれがブラックジョークなどととても笑えるものではなく、顔は引きつったまま何も答えられない。

父は、家と道路一つ隔てた工場へ毎日きちんと行ききちんと帰ってくる生活をしている。ことさら楽しそうには見えない。夕方家に帰って飲み出す酒の一杯だけが楽しみだと那津夫には思える。

高校三年の修学旅行で京都、奈良へ行った。そのころになってようやく十二時間の夜行列車、移動のバス乗車にも乗り物酔いをしなくてすむようになった。

大学受験はとにかく東京へ出てみたいという思いで芸術大学を受験する。周囲から絶対に無理だと言われる中、両親も困りながらも同意してくれたのには、祖父が黙認の姿勢でいてくれたからかもしれない。結果はまわりの予想どおり落ちたが、東京で浪人して幸いにも合格できた。合格は到底無理だろうと思っていた両親は喜び、祖父も親戚の法事のお斎の席で孫の芸術大入学をうれしそうに話していたらしい。

アパートに京平から、上野駅の交番横で待ち合わせの日時を記したはがきが定期的にくる。会うと「どこへ行こうかね」と食事に連れていってくれた。上野は広小路のビヤホール「世界」か、行きつけらしかった寿司屋や鰻屋。ときには銀座の「ライオン」へ行った。

「ここには毎朝工場からタンク車が来てホースで補給しているから新鮮な生ビールが飲める。他とは味が違う」

そう言いながら中ジョッキを二杯頼み、祖父は半分飲むと顔が真っ赤になった。

「これ、おまえが飲んでくれ」

と残ったジョッキを那津夫のほうに寄せる。

「おまえも食べるか?」

食事の終わりには、ソフトクリームを二つ注文する。

祖父自身こだわりがあり、どこでもいいから行くわけではないと言っていたが、東京の繁華街は馴れていた。銀座から有楽町を歩き、閉館間近だった日劇の前の通りで「園まりショー」の看板があった。「見ていこうか」と祖父は切符を買って一枚を那津夫に渡し、自分はスタスタと広い場内を歩いていって前方の席に座った。ステージ上には園まりが立っていた。彼は追って隣の席に座ったが、京平は一心不乱に舞台を見ていた。帰省したおりに叔母たちにこの話をすると「えーっ、おジイちゃんって園まりのファンだったんだぁ、イガイ！」と大ウケで、東京でのおジイちゃんの話をもっとしてほしいとせがまれた。

月に一度定期的にきていたはがきだったが、いつものものとは違う文面がきた。「このたび褒賞を授かることとなり、ついては下記の場所に来てください」とあり日時、場所が記してあった。上野池之端のホテルに行くと、宮中参内の正式な燕尾服姿の祖父と正装の留め袖の和服を着た祖母がいた。長年にわたる保育園事業による社会貢献によって藍授褒賞を授与されたのである。町からの推薦によるものらしい。晴天のその日、不忍池を眺めるホテルのロビーで、これから皇居の二重橋を渡るという事態にある種の習性と感銘を覚えているのだろう、京平は背筋を伸ばし毅然とした姿勢を取っていた。それにしても褒章の理由が、京平がやってきたさまざまな事業や社会活動ではなく、付録であったような保育園事業が賞されたということに複雑な思いや人生の皮肉を感じていたのかもしれない。那津夫にはそんな表情も垣間見えた気がした。

「このたびはおめでとうございます」

那津夫が月並みな挨拶をしているところに中年の夫婦がやってきた。数十年前の二・二六事件に遭遇したあとに結婚して板橋に住んでいる小春とその夫であった。京平とセキは祝福を受けて懐かしそうに話し込んでいた。

三、マイ・バック・ページ　美大男子学生の六〇年代

デッサンの授業

大学での生活は一、二年生のうちは午前中に必須学科があるが、卒業のための必要単位取得のためのものでかなりやさしく中学程度と言っていい。午後の実技の授業ではデッサンが主で油絵制作も行われる。

当初石膏デッサンはあるものの、それはそのうち石膏デッサン室で自主的にやるということになり、裸婦デッサンが主となる。モデルさんがやってきてポーズが決められ、一週間単位で三〜四枚のデッサンとスケッチを提出する。その間、助手がテーマの説明と作品収集にくるが助手や講師はほとんど指導しない。教授は稀にやってきても、ぐるりと見てまわり去ってしまうことが多い。一年間はほぼそれの繰り返しであった。

二年生の進級時には学科の単位はほとんど取れていたので、興味のある学科の中級クラスの講義を登録したが、まわりは芸術学科や建築科の上級生が一緒で、とてもついていけず途中で断念した。復習をし予習で準備をしなければならずとても無理だった。

ほぼ毎日デッサンばかりやっていて自分にとって人物デッサンとは何だろうか、この演習は果たして自分に合っているのだろうかと少しずつ疑念も生まれてくる。

西洋絵画の画家たちは素晴らしい人物像をつかんでいる。レオナルド、ミケランジェロ、ゴヤ、レンブラント、ルーベンス、アングル……また独自の型を追求したマチス、ルオー、ピカソも初期のデッサンには目を見張るものがある。日本人絵画の安井曽太郎、梅原龍三郎も初期のころにはしっかりした人物デッサンを描いている。しかし帰国して東洋に回帰するとグニャグニャになってしまっているように思える。日本人である那津夫も究極には東洋的人物洋画のグニャグニャの形態の絵を描いてしまうのだろうか。日本的洋画の究極を思うとき、萬鐵五郎なんかの絵が頭に浮かんできて、ぞっとするものがくる。

あるとき、図書館でイタリア古典絵画の本を開いてチントレットのデッサンを見ていたら、

「遠藤くん、ちょっといいかなあ」

と同じクラスの宇野くんが話しかけてきた。

「君、演劇に興味ない？　けっこう映画なんか見ているようだし……」

と言ってきた。ちょっとした会話などから映画好きを知り、演劇にも興味あるらしいと判断したらしい。

「興味はあるよ」

と答えると、

「これから演劇部の部屋は遊びに行ってみないか」

と言うのでイタリア古典絵画の古びた本を返却して彼についていった。

道路を挟んだ音楽学部の構内に入って、洋風木造本館の裏側にある古びた建物の一室に演劇部の部室はあった。扉を開けると中に七、八人の男女が椅子に座り、輪の中心にいたスラリと背の高い女性に紹介された。次回公演の演出担当だという。那津夫に椅子が用意され台本が渡された。

「遠藤さん、赤い印のところから読んでいただけますか」

演出の女性が話しかけた。彼は言われたように二、三ページも読んだだろうか、すると、

「はい、もういいですよ」

そう言われ朗読を止めたら、

「それあげるから、読んでみて明日また来てください」

と言われた。台本はジャン・ポール・サルトルの作品で第二次対戦下フランスのレジスタンスの悲劇である。翌日部室に行くと、

「アナタはレジスタンス側を取り締まるナチス傀儡政権の部下の役だけど、やってくれますね」

「僕でいいんですか」

と拍子抜けするようにあっさりと決められた。おもしろそうだという気持ちもあったので、これまた簡単に承諾した。

芸大演劇部はそれほど古くからの創立ではないようだった。おそらく戦後だいぶたって女子学生が増えてきてからではないだろうか。それまで何度か学内や学外で公演をやったらしい。演目はイヨネスコなどの不条理劇が主で、登場人物も少数の舞台だったようだ。小柄な宇野くんは前回の公演で少年の役で出演しているという。ところが今回は多くの部員が集まり、しかも美術学部、音楽学部からさまざまな学科の学生がいるので、大がかりな公演を企画したということだ。演出は絵画科の女性で、建築科の演出助手、舞台装置、ポスター、チケット制作はデザイン科、その他照明、小道具、衣装にもいろいろと集まってきている。

登場人物は総勢一二人ほどで、部員の他に数人は臨時で狩り出されていた。那津夫はそのうちの最後の一人だった。

彼が興味をひかれた理由の一つに、音楽をフカマチが担当するということにあった。

その人物を那津夫は知っていた。といっても中身は何も知っていなく、その容貌と作曲科の学生であるということくらいである。朝登校して食堂へ朝食を食べに行くと、たいがい彼もいて同じ定食を食べていた。肩までかかる長髪に黒い帽子、黒縁の眼鏡をかけた角ばった顔は無表情で、年齢は彼よりも少し上くらい。いつも黒い上着を着ている肩幅は広くて両の手のひらはゴツゴツして大きい。食事がすんで立ち上がると、オヤッ、思いのほか身長が変わらない。下半身は上体に比べると華奢である。食堂を出て行くうしろ姿は少し片足を引きずって歩く。幼少期に脊髄カリエスにかかってしまったのではと推測できた。那津夫も保育園のとき、友だちのナオちゃんがその病気にかかって突然園からいなくなってしまった出来事があったので脊髄カリエスについて多少知っていた。

「彼は作曲科の学生でフカマチと言う」

と知人から聞いていた。台本の読み合わせをやるうちに知人も増えて新しい世界が広がった。やがて舞台稽古が始まることになり、奏楽堂が使えるようになった。

奏楽堂

現在、上野公園内に歴史的建造物として残されている奏楽堂は、以前は音楽学部の構内の中心にあった。日本最古のコンサートホールとして木造日本建築で作られている。板張りのステージがあり、背後に古風なパイプオルガンが設置されている。ゆるやかな勾配を持った観客席もすべて木製で長テーブルがついていて二〇〇人ほどが入れるだろうか。左右両側に廊下がある。ふだんは閉じているのだが、那津夫は入学式で初めて入ったときに驚いた。

「あれっ、明治時代にタイムスリップしたのかな……」

赤絨毯の敷かれたステージ正面、パイプオルガンの前に金屏風が立てられ、大きな松の盆栽が飾られている。演台には古そうな段通がかけられ、学長ならびに教授、職員たちも和、洋それぞれの正装の光景は明治時代の錦絵さながらであった。観客席には新入生の他に和装の父兄も見られる。

舞台稽古の初日に少し早めに行ってみると、入り口のカギは開いていたがまだ誰も来ていなかった。入学式のときとは打って変わった殺風景なステージに立ってみた。パイプオルガンは存外に小さい。演奏室は階下にあってそこにはカギがかかっていた。舞台の左手の端にぽつんと足踏みオルガンのようなものがあった。ふたを開けたら鍵盤があり、叩いたら「キーン」と澄んだ音が鳴ってチェレスタだとわかった。指にしばらくキーをたたいてタタタ、タッタ、タンタタタ……と「くるみ割り人形」の「金平糖の踊り」のメロディーを人さし指でなぞってみた。奏楽堂に響く音は物悲しくさびしかった。こんなことしかできない自分は悲しく恥ずかしい気がして急いでふたを閉じた。

部の仲間と馴れてくると、中に演劇の世界についてのある者もいて、新劇の練習生の稽古や公演なども見に行く機会も得たりした。

その時代には前衛小劇団、唐十郎の「赤テント」や寺山修司の「天井桟敷」などが旗揚げされ、他にも数多くの実験演劇と称する劇団の公演が相次ぎ、演劇界も入り乱れた戦国の様相を示し始めていた。

「今どき、サルトルの不条理劇もないだろう」

などと言う内外の声もあったが、演出の女性がガンとして耳を貸さず公演へ向かって進んだ。というか少々片意地になっていたようなふしもあった。彼には演劇世界の細かなあれこれはわからなかったが、日々新鮮な出来事に出会えて楽しみのほうが多かった。那津夫の役はある部員が降りたため、急遽埋め合わせのためまわってきた次第を知ることとなった。その部員は演目にも不満で、与えられた役柄も不足で、しかも演出にも否定的で部をやめるのかと思われていたが、結局公演では銃を抱えたナチス兵として、舞台の背後の紗のスクリーンの裏で影となって参加していた。いろいろ難しいことがあるもんだと思ったが、幸いにも深く考えをめぐらすこともなく、那津夫の気分は高揚していった。そのときには個々の細かな感情の機微には及びつかずにいた。彼の演じる役柄はナチスの傀儡の手下で、自己の意志も決意もなくただ時代に流されてその場に合わせて生きている若者である。そんなところがどこか合っていたのだろう。稽古も進みだんだんと全体の形ができあがっていった。

奏楽堂と奥にあるテニスコートの間に音楽学部の食堂があった。しゃれたレストランふうになっていて、珈琲、紅茶が飲めランチ、スパゲッティなどがある。レモン水という飲みものがありサイダーの空き瓶に入っていて安く人気がある。演劇仲間の数人で食事をしていると、男女十数人の音楽学生グループが食事を終えて、二、三人が立ち上がって飲み終えたレモン水の空き瓶を水道へ持っていき、何やら水量を測っている。テーブルへ持って帰ってみなに配るとそれぞれが瓶を吹き始め、ごく自然に「ドレミの唄」の合奏が始まった。曲が終わるとあちらこちらから笑い声とともにブラボーの声が上がり拍手が起きた。演劇仲間たちもとてもいい気分になって拍手の輪に加わった。アンコールが三、四曲続いた。

デザイン科の部員の作ったポスターやチケットができあがってきて、稽古も佳境に入り公演の日が近づいてきた。会場は公立会館の収容人数千人ほどの大ホールで二日間行われる。演劇部始まって以来の大規模な公演で、二〇〇〇枚のチケットを売るために各部員はフルに活動した。親戚、知り合い、出身高校の先輩後輩、予備校の生徒など……。那津夫もそれでも一〇枚近く売ったただろう。

公演前日、会場で本番さながらの稽古、ゲネプロが行われた。そのとき初めて舞台稽古、照明、衣装、音楽などがそろう。フカマチの音楽との調整も進んだが、劇中で那津夫たち傀儡三人が酔っぱらって歌う戯れ歌がてんでできていなかった。演出の要請でフカマチは、

「ピアノある？　……ない。じゃあ近所に幼稚園があるか調べてくれる？」

と舞台監督に頼み、しばらくすると出かけていき一時間ほどで戻ってきた。楽屋でオルガン曲のテープで那津夫たちに教え、そして舞台下で音楽テープを切り貼りしながら編集していた。

「ちょっとすげーなあ」

表情を変えずに作業するフカマチを見ながら那津夫は思った。楽理科の部員の話すところによると、

「彼は毎晩都心のバーで、十時から二時くらいまでピアノを弾いている。それで生活のすべてをまかなっているらしいよ」

なるほど彼の生活のリズムの中に学食の朝定食があったのだと那津夫は勝手に納得した。

公演当日、彼は衣装を着てメイクを施され、頭髪に金粉をまぶされて西洋人もどきになった。緊張が徐々に高ぶってきて、洗面所で鏡をのぞいたり、壁に向かってセリフを暗唱しているところへ、「ずいぶん入ってるよ！」二、三人のスタッフとともにレジスタンスの少年に扮した宇野ちゃんが興奮した面持ちで叫びながら楽屋へ戻ってきた。彼も舞台の袖幕のすきまからのぞいて驚いた。

「客席は埋まっていて、まだまだ人が入ってくる……」

ますます緊張は高ぶってきたが一方で開き直った気持ちも生まれてきた。

二日間の公演は二〇〇〇人の観客を集め終了した。役者、スタッフともに一体となった舞台は成功したと言っていいだろう。那津夫も頭髪に金粉をまぶしたまま連日懸命にやった。

二日目のカーテンコールを終えて、化粧を落とした出演者、スタッフ三〇人ほどは、興奮を抑えられないまま渋谷からNHK方面へ向かう坂道を歩いて、予約してあったレストランへ入った。客席の真ん中のステージにグランドピアノが置かれている。

誰かが声をかけた。

「フカマチ、弾けよ」

フカマチコールが起きて、彼は店の許可をもらってピアノの前に座り弾き始めた。自分が作曲した作品を何曲か弾いたものの誰も知らない曲だ。

しばらくして、劇中の戯れ歌「寝盗られた亭主の唄」のメロディーが流れ、ビールも入っていた那津夫とナチスの手下どもは大声で歌った。うしろむきの顔が振り返り、そのとき那津夫はフカマチの笑顔を見たように思った。まったく孤高の人物かと思っていたが、少々のサービス精神は持ち合わせているんだとわかった。

演劇部仲間の交流はそれからも続き、おもしろいアルバイトなども一緒にやることになる。たとえば小劇場でのギリシア悲劇の仮面をつけたコロス（合唱隊）とか、某大使館の雑用係とか、製菓工場での深夜のクリスマスケーキの製造もあった。

絵のヘソ

美術学部の校門を入ると右手に小屋があって掲示板があった。

本校名誉教授林武氏の臨時講義の案内があり、会場は本館の階段講義室で参加は自由である。

「へえー、林武か、ちょっと古めかしいけどおもしろそうじゃないか」

仲間数人で参加することにした。会場は学生で満員、ほぼ二〇〇人は入っていただろうか、ほとんどが男子学生でおよそ彼のようなやじ馬であったが、前列には信奉者のような上級生の一団が陣取っていた。

林武画伯は芸術院会員で文化勲章も受けている当時の洋画壇の第一人者。無精ひげのボサボサの髪で普段着でやってきた画伯は七十代後半くらいだろうか。満員の学生たちを前に、幾分緊張していたようだ。ジロリと周囲を眺めまわし、上着のポケットをまさぐって煙草を取り出して咥えると、また上着やらポケットをまさぐった。すると最前列にいた一人の上級生がすーっと乗り出して、さっとライターの火を差し出した。その間合いが絶妙だったので会場じゅうが大爆笑に包まれ、画伯は恥ずかしそうな照れたような表情をしながら深く煙草を吸い込み、ふーっと煙を吐き出し落ち着いたようだった。

のちに氏の自伝を読んで知ったところによると、氏は相当苦労して画家になったそうだ。その詳細はここでは記さないが、代々水戸藩の国文学者の家柄で、先祖は江戸の上屋敷で講義をしていたそうだ。曽祖父は国文研究の中で越後の良寛を知り、さる越後蒲原の大地主の庇護のもとで食客となって十数年も逗留し、良寛研究で重要な書籍を残しているのだそうだ。江戸へ戻り明治維新となって国文学者は職を失い没落、家を継いだ祖父は歌人として政治活動してはいたものの、実際は浪人生活でかなり悲惨なものだったと書かれている。

講義室での林先生はぽつりぽつりと、

「在任中にいろいろあったが、それらについていちいち話してもしょうがない。私の教えた学生の中に中退して飛び出ていった工藤哲巳ってぇのがいる」

と話し始めた。

その時代、美術界の情報といえば専門雑誌によるところが主だった。若者向け美術情報雑誌では盛んにパリ、ニューヨークなどの最新情報が載っていて、工藤哲巳はパリの美術界を騒がすスキャンダラス・スターとして登場していた。ギャラリーや街頭などで観念的な作品を展示し、自身も上半身白塗り、髪はモヒカン刈りのような姿で登場しハプニングなどを行い、伝統的な平面作品を拒否するムーブメントの先頭を走っていた。作品が観客に身体的刺激を与えるものなどもあり、傷害罪で裁判沙汰となり国際問題になって海外ニュースとして流れてきたこともあった。

「彼は昨今フランスのほうで暴れているようだが、あれはあれで俺は認めているんだ」

と林武は言った。そのあとしばらくして、

「俺は絵の中にヘソを発見した。絵を描くときにそのモチーフの中にヘソを見つけているから、何を描いてもいい、何でも描ける。絵を描くってことはそんなもんなんだ。何と言うか、言葉ではうまく言えないが、絵ってものはまあそんなようなものなんだ」

とだいたいこのような話で講演は終了した。さすが見栄を切った話のようであるけれども、何か苦渋の中から生み出してきたもののように思えなくもない。しかしそのときの那津夫には、とんと理解に苦しむ話であった。

裸婦のモデルを描くとき、なるほどヘソの位置は了解するが、うしろ姿のポーズとなるとわかりにくい。寝ポーズとなれば状態は変化する。上半身だけとか顔だけとなるとどうなのか。まして花や街並みや富士山にヘソはあるのだろうか。具象画の大家の話は抽象的というか観念的にすぎるのだ。それに林武の作品はどうしても日本の油絵って感じでグニャグニャしていると彼には思える。

パリの工藤哲巳の活動のどこにヘソがあるのだろう。彼は海外で前衛美術活動を三十年ほど続けて日本へ戻り、故郷青森のねぶた絵で凧をこしらえ、彩色された糸で飾りつけた作品などを発表していて、芸大に新設されていた「非平面による表現」の教授に就任したが、ほどなく急死してしまった。林武の言うところの「絵のヘソ」というものは、単に絵画面上のものではないのでは……、那津夫はそれが理解できなかったし、忘れてしまっていた。後年彼が病を得て「フェニックス」という再生の花火に出会ってから、「絵のヘソ」のことを思いだした。言葉ではうまく言えないがようやく「何かそんなものかなあ」と感じることもある。

アパートの四畳半の畳の上にごろりと横になって、何をするでもなく他愛のないラジオ放送を聞いていたら、当時人気絶頂だった月の家圓鏡という落語家の声が流れてきた。圓鏡は昭和の爆笑王林家三平の弟弟子だが、三平が急死したのち持ち前のマシンガントークでお笑い界の第一人者となり、売れに売れて紋付、羽織袴で世間を飛びまわっていた。番組の中で、

「俺はね、寝る間のないくらい忙しいからね、ときには息抜きに遊びに行くわけよ。するってえとみな、あー圓鏡だ、圓鏡だ、何かおもしろいことやれと期待するから息抜きにならないのよ。それでお店に入ったら、すぐさまお客さん集めてもらって、一回だけ小咄やるわけ、あとは絶対やらないの。この前もねえ、銀座の有名なバーへ行ったわけ、例によってみなを集めてもらって一回だけの小咄やったわけよ。『えー、お集まりのみなさん、これより一席やらせていただきますが、間違っても投げ銭だけはやらないように』と前触れをやって、ははーと笑いがきたのよ。少し間があってチャリンと音がして床の上に五円が投げ捨ててあるの……俺も江戸っ子で血

の気が多いほうだから、何すんだコノヤロー！　ってそっちのほうを見たら、髪ボサボサでヨレヨレの服着たジジイがニヤニヤしているんだよ。どういうつもりなんだ！　とつかみかかろうと寄っていったら、店のママが大あわてで間に入ってきて『圓鏡さん！　止めなさいよ！　止めなさいよ！』って必死な顔で『こちらのお方はねえ、林武画伯とおっしゃって文化勲章も受けている絵描きさんで日本画壇の第一人者なのよ！』と言われるとアタシャー、コロッと態度を変えて、『いやーどうも旦那、ありがたく頂戴いたします、ヨイショ！』と言って床からその五円玉を拾って懐に入れたって話、ドーモ……」

という放送だった。画伯もあちらこちらでご活躍のご様子だった。

壁に耳あり

演劇活動で那津夫にはデザイン科や彫刻科などの新しい仲間が生まれた。彼らは絵画科の学生とは異なる思考、行動をしているように思え、そっちのほうが時代感覚と合っているようで新鮮だった。下宿と近いデザイン科のサラシナの家を訪ね、深夜や明け方までいろんな話題で話し合うことが楽しかった。映画、音楽、落語、スポーツなど趣味のチャンネルが合って、すごく心地よく響いた。ときには社会情勢についても話は及び、彼の都会の青春と那津夫の青春とでは、経験や認識の差があることを痛感させられた。特に人間観察において決定的に足りないことを知って、心理学や哲学の入門書を手に取ってかじってみた。

彼の家には他にも友人たちは出入りしていた。訪ねると彼の母親が対応してくれてお茶を持ってきてくれるが、それ以後はまったく顔は出さない。那津夫はしょっちゅう出入りしていたが、いつもと対応変わらずに接していてくれていた。

「うちの母はけっこう好き嫌いがあるけど、エンちゃんは気に入られているみたいだよ」と彼の話の中に何げなく出てきたことがある。おばさんは何事にもかまわない人のように見えたけど、実際は他者をしっかりと観察しているんだなと思った。そう言われてみると思い当たるふしもなくはなかった。

そのうち仲間は他の奴の家の比較的自由のきくスペースにたむろするようになり、アートの現状や社会情勢などを話し合うこととなっていき、美術雑誌の情報を頼りにしばし銀座や日本橋方面の現代アートのギャラリーへ出かけた。その手のギャラリーの多くは裏通りの古いビルの中の一室で、月曜日から土曜日まで開いている。若い作家がその限られた空間の中で自由に展示するのだが、初日の夕方からオープニングと称し、知人、友人たちと飲み会をする。ときには若手評論家や詩人らしき人もいて、サントリーレッドかハイニッカ、つまみはサキイカか柿の種くらいのものである。だから那津夫たちも月曜日夕方に画廊めぐりをして、知った顔があれば飲み会にも参加しその世界の通らしく振る舞った。たまに誰かの知り合いの具象画家の、銀座表通りの個展に行き当たったりすると、ワインやサンドイッチ、ローストビーフなんかにありつけることもある。

いつの間にか那津夫の制作に、エアスプレー、粘着テープ、マスキングシートの類いが加わる。美術雑誌の影響でポップアート作品に刺激を受けていたのだ。アンディ・ウォーホールやリキテンシュタインなどのデザイン的な作品よりも、ラウシェンバーグやジャスパー・ジョーンズの手跡の残る絵画的作品にひかれていった。

美術界の中心はパリを離れてニューヨークへ移った。同時にベトナム戦争もフランスからアメリカへ引き継がれていた。仲間たちの見た目も徐々に変化し始め、アメ横の米軍払い下げ店のジャンパーやサングラスに革のブーツなど履いて街中を歩くようになる。ほとんどのアーティストはベトナム戦争反対を叫んでいて、矛盾しているようだが何でもありだった。平面によらない作品展示が増え、インスタレーション、コンセプチュアルアート、モノ派、グタイ……etc。次々と新しい手法が開発されて、個人の意思もどこへやら、右も左もわからずに濁流に流されている状態だった。

学生は学外での作品展示を禁止されていたが、ほぼ有名無実であった。彼らのグループは街の画廊で展覧会を企てた。知り合ったばかりの日本橋のギャラリーのオーナーがおもしろがって乗ってくれた。那津夫はポップアート的なコラージュを使った平面作品で、他にはレリーフ状の半立体作品とか既成工業品とのコラボなどが展示されたが、どの作品も生煮え。オープニングでオーナーの知り合いの評論家や作家なども含め十人ほどで飲みながら話をしていると、会場の隅のほうで年配の女性が壁にもたれるようにして椅子に腰かけ静かに話を聞いている。年齢は六十歳〜七十歳くらいだろうか。視線を向けるとかすかにほほえんで礼をする。黒い長袖シャツに黒ズボンで、ポケットから煙草を取り出しておいしそうに吸う。酒をすすめるとニコッとして丁重に断り、かなり長い間そうやっていたのだが、いつの間にか姿が消えていた。

「あのおばさん、誰ですか?」

那津夫がオーナーに尋ねると、

「ああ、あの人ね、あの人は長谷川泰子といって知る人ぞ知る人ですよ。今はこのビルの掃除婦をやっている。一人暮らしですよ」

那津夫がいぶかしく問い返すと、美術評論家で詩人O氏が、

「知らない? もと中原中也の恋人、それから小林秀雄のところへ行ったりしていろいろあった。若いころは文学界のビーナスと呼ばれた有名な女性だよ。今でも若い芸術家の集まる空気が好きで、こうやってくるらしいよ」

そう言われてみれば、整ったキレイな顔立ちで、小柄だけど軽やかな動きでバランスのとれた

体つきに思えた。彼女はその後ある映画監督の求めに応じて、日常をドキュメンタリー映像に撮り、それをもとにして「眠れ蜜」という映画が作られ一般公開されたように思う。

学校の授業でもデッサンを描くことは少なくなっていた。時代感覚に合う気分で、印刷物を画面に貼ったり絵の具を垂らしたりスプレーを吹きかけて構成していても手応えは感じられず、しだいに平面作品の制作から離れ観念的な作品へと変化していった。

ある日教室でフーコが棒のついた大きなキャンデーをほおばりながら絵を描いていた。彼女は与えられた一間半ほどの壁面にコンクリートブロックを台にして100号のキャンバスを立てかけている。描いているのは人物デッサンをものにした具象画で、ベージュと茶色の配色が上手だ。

「そんなもの食いながら仕事するのか」

「頭使うと糖分が減るから。食べる?」

床のかばんから一本差し出した。

「そんなデカイのいらない、もっと小さなチョコかなんかがいいな」

「音校の売店で売ってるよ」

「音校の売店……?」

彼はそんなものがあるとは知らなかった。すぐに言われたように行ってみた。確かに古い木造本館の端っこの階段の踊り場の下に売店は存在していた。賑やかに商品が並んでいる美校の売店と違い、楽器は置いてなく、田舎の文房具屋みたいにひっそりとしていて入り口脇に菓子が置かれている。恐る恐るのぞくと、おばさんが一人いた。

「こんなところに売店があるのを知らなかった」

と話しかけた。

「ずっと昔からやってるよ、戦後しばらくしてからもう二十年以上ずーっと」

「へえーそうなんだ」

などと話していると、

「アナタ、このごろ、変わったねえ」

「えーっ、俺のこと知ってるの？　俺、音楽じゃないよ」

「知ってるよ、入ってきたころから知ってるよ。ここの学生はみんな知ってる。だいぶ変わったねえ」

那津夫は不意をつかれて動揺したが、ようやく、

「どんなふうに？」

聞き返すとおばさんはややあって、

「うーん、大人っぽくなったかなあ、子どもっぽかった前は」

恥ずかしくなってそれ以上は聞かなかった。ほめられたのかけなされたのかわからないままチョコを買って売店をあとにした。帰り際に店の裏側にまわってみると、なるほど校門に面した小さな窓があった。

「彼女はこの窓からじーっと時代の流れを見ていたのか……」

教室に戻りフーコに言った。

「あんなところに売店があったんだね、恐山のイタコみたいなおばさんがいた」

「売店のあのおばさん、昔から有名なんだよ。團伊玖磨や黛敏郎、芥川也寸志、それから岩城宏之なんかが　五線紙を買いに行ったついでにお菓子を買ってたんだって」

童謡「ゾウさん」の作曲家が大きな棒つきキャンデーを加えて五線紙に向かって、「ああでもない、こうでもない」と考え込んでいる図を想像すると何だか愉快だ。那津夫はそれからは、ほんのたまに行って菓子を買った。

大事件勃発……？

グループはそれぞれ仕事やバイトの合間に集まってたむろした。話は美術界の情報や社会状況、そして世間話だが、いきおい流行のことになり、つまりは誰がカッコイイのかと方向になってしまう。あげくのはてにテーブルを囲んで徹夜麻雀になる。むしろそっちのほうが目的化されてしまったようにも思える。そんなある日、彫刻科大学院の先輩、この人は田舎の高校からの先輩なのだが、

「君、バイト、やってくれないかなあ、長期になるんだけどバイト代はいいと思うから、都合つけてくれないかなあ」

と声をかけられた。関西の観光地でジャングル温泉を作る仕事の手伝いで三〜四週間になるという。宿泊と食事つきで、報酬も二〜三カ月分の彼の生活費をまかなえるくらいもらえるらしい。那津夫はときどきバイトはしていたものの、作品制作の材料代などで食べるのも厳しく、ましてそろそろ卒業制作へ向かう時期も近づいていた。二、三日かけて決断し、仲間には黙ってあわただしく関西へ向かった。

仕事を取り仕切るボスは、映画の特殊撮影の専門家で、ＴＶの特撮シリーズを彫刻科の先輩と仕事をしていた。業界では知られた豪快な人で、特撮の他に映画出演も何本かある。話によれば戦前の美術学校彫刻科の出身だそうだが、真偽のほどはわからない。那津夫の他に集められたバイトは地元の学生が五、六人いた。

現場は透明な巨大ドームの中を温泉の川が流れ、ジャングルの茂みの中に動物や鳥がいるというしかけである。ボスと先輩の二人が、ゾウやゴリラやワニを発泡スチロールやラバー、シリコ

ンで作り、バイトはその手伝いと、ヤシの実やシダ植物やコケ類などを指示されるまま作製した。みんなで近くの貸別荘で、同じ釜の飯を食っての共同生活であった。

およそ一カ月近くの期間を終えて東京に戻り、仲間に連絡すると那津夫は失踪したらしいと騒ぎになっていた。当初は部屋で変死しているのではないかと大家さんからカギを開けてもらって捜したらしい。いきさつを説明したところ、那津夫の失踪以上の事態が発生しており、そっちからの報告のほうが大事件だったのだ。

概要はこうである。グループは例のように卓に向かって次の活動を話し合っていたが、展覧会は難しそうだったので、印刷物でのアピールという案がデザイン科の一人から出た。

「いいかもしれない、おもしろそう」

と話はまとまり、結局七人が賛同し、Ａ４ほどの紙面に作者一人がメッセージを制作して同封し美術家や評論家に郵送するという計画だ。メールアートでも言おうか……。

印刷ができあがり、仲間の一人から提案があった。

「俺たちさあ、展覧会やったところで知り合いくらいしか見に来てくれないじゃないか、手に取って見てもらうには何かしら工夫、いるよなあ、見てもらえなかったらやる意味ないじゃん。中身がどうとかより、いかにして見てもらえるかが作品の意味でもあるんじゃないの……」

わかるような、わからないような理屈を引っ張り出してきた。確かにまったく知らない手紙が届いたところで、日ごろ大量の郵便物がくる有名作家や評論家にはゴミ箱に捨てしまわれるのがオチだろう。

「とにかく封を開けさせて、見てもらわなきゃダメなんだ」

それで驚くべき策を出してきたというのだ。それは封筒の差出人に有名美術出版社の名前を使うというもので、さすがにこれには異論が出たそうだが、

「とにかく封を開けさせるための作戦よ、開けさせさえすればそれでいいのよ」

彼はその作戦を主張し続け、みんなはその弁舌に引きずられ、

「まあいいか、やってみるか」

と軽い気持ちで彼に同調してしまった。

作戦が実行されるとしばらくして、メンバーの六人に大学の教務室から招集があった。美術出版会社の雑誌編集長が顧問弁護士を伴い、在籍者の多い大学へ確認と判断を求めて来たのだという。

「会社の名称を語られた郵便物のために苦情が殺到した。会社の信用に関わり、業務にも差し障り大変迷惑している。該当者の身分、背後関係を調べ上げてみると、特段に怪しい経歴はなく、家庭状況もきちんとしているようなので、みんなの将来を考え詐称事件としての告訴はしないので、近日中に来社して謝罪文に署名してもらいたい。会社として損害賠償請求もしない」

というようなことだったそうだ。メンバーは相談の上、それぞれが用意された謝罪文と二度とやらないという契約書にサインした。ある見方からすればこの時点でアート活動の目的は達成したと言っていいのかもしれない。

この話をしてくれた友人二人が語るには、

「ところでさあ、出版社側が『この勝朗という人がわからないけど、どういう人ですか、七人のうちの一人ですよね』と聞いてくるんだよ。盛んに『カッさん、カッさん』と言ってたけど、みんな知らない顔してすっとぼけてたら、『ここの学校じゃないのか、外部の人かな……またあとで会社のほうで調べてみましょう』って小池勝朗は漏れてしまったよ。カッローだけ名字なしの名前で出していたのよ、それでカッローは呼び出しも食わず、謝罪せずに無罪放免、逃げ切りよ。それからみんなは彼のことを『カッさん』と呼んでるのよ。笑っちゃうよ、なあ、まったく……」

なんて大笑いしていた。この時期に那津夫が東京にいたら当然メールアートに誘われていたはずだ。彼は参加しただろうか、どうだったろう……？

仲間や集団の活動は時がたつにつれ声の大きい者に引っ張られがちになる。まして自己表現にきゅうきゅうとしている芸術家の卵たちにとって、人より目立つ者、急進的で過激な意見がリードしがちである。そんな例はまわりにいっぱいあった。那津夫はこの時期東京を留守にしていて幸運だったと思った。

ベトナム戦争反対、安保反対と一九七〇年へ向かう混沌とした日本社会。美術の世界も混沌としていた。那津夫は美術雑誌の中で一人のドイツ人作家の作品にひかれた。ヨーゼフ・ボイスである。当時日本では評価も高くなくあまり知られていなかった。ドイツ北西部出身の作家である。作品は既成のいくつかのものをギャラリー内に展示し、それらの関係性とそれにつながる感情が喚起されることが目的であるように思えた。ボイスの北の感性が那津夫に響いたのである。

卒業制作に取りかかる時期がやってきた。学生たちは自治会を通して学校側との団体交渉を行い、平面作品以外での出品の許可を取りつけた。そして大学紛争のあった混乱の中で、那津夫はボイスの表現を彼なりに解釈し、モノと立体とを構成した作品を卒業制作展に出して大学をあとにした。大学生活で何を得たのか、その総括は数十年たったいまだについていない。

何とかやっていけるだろうとタカをくった甘い読みで社会に出てしまったが、期待する幸運にめぐり合えず、絵画制作を再開するまでに十年以上の年月を要した。

四、戦争残影　祖父と父

カニカニ、カニカニ

あるとき初子は知人から思いもよらぬことを耳打ちされた。

「ハッちゃん、あのねえ聞いていているかもしれないけど、京平さん、三条にもう一つ家庭があるって知ってる？」

「えっ、どういうこと」

聞き返すと、かなり詳しく内容を教えてくれた。それによると以前から京平には愛人がいて、三条の街中に家を持ち住んでおり、女性との間に男の子が二人いるというのである。しかもその女性は初子とほぼ同い年であり、上の子は那津夫と同年だという。知人は家の場所も教えてくれた。

「愛人がいて、しかも自分と同年齢で、自分の息子と同い年の子どもがいて、しかも二人も……」

突然の出来事に混乱した初子だったが、人には言えず、ある日意を決し隠れるようにして三条の家を見に行った。離れた場所からのぞいただけだった。「このことはセキの耳には入れられない」と悶々として日々を過ごしていた。

アパートに一人いた那津夫は管理人から「遠藤さん、電話よ」と呼び出された。

「あのなあ、おジイちゃんが倒れた。どうも脳出血らしいんだが、病院に運ばれて母さんは病院に付き添っていってる。詳しいことはわからんが知らせておくさ、詳しいことがわかったらまた電話するさ」

父からの電話だった。那津夫は動揺した。心の奥でまさに「巨星堕つ」の思いだった。

祖父京平は自宅の食堂で茶わんと箸とを両手に持ったまま倒れた。救急車ですぐに運ばれたが、一週間意識不明のままでいた。一命は取り留めたが半身麻痺となった。外からの刺激の反応はあるが、言葉がしゃべれなく寝たままの状態になって、初子や叔母たちが交代で看病することになった。那津夫はすぐには帰らなかった。春休みに帰郷し母から詳しい病状を聞いた。

「言葉はしゃべれないけどこっちの言うことはわかるみたいで、私が行くとカニカニ、カニカニと盛んに話しかけようとするんだよ。左手を差し出して口をゆがめてカニカニ、カニカニって。何？　何してほしいの、水？　何が食べたいの？　って大きな声で聞き返してもカニカニしか言えなくて、わからんからあきらめるんだて、何が言いたいんだろうか……」

そんなことを話す。

「でも他の人には何も言わないみたいなんだて。私にばっかりカニカニ、カニカニって言ってくるから、ホントに蟹を買って持ってって顔の前で見せて、これ、食べたいの？　って言ったら首を横に振って、あきらめたように横を向いて黙ったて。何か悲しげだったよ……」

母はさびしそうに言った。那津夫は病室へ見舞いに行けなかった。

どこから聞いたのか東京から小林千代子が見舞いにやってきた。彼女は歌手としての現役は退いて久しかったが、それでも芸能界の一隅で後進の指導にあたっていて、その華やかな香りを漂わせていた。その姿を見た祖母のセキは、イヤーな顔をしたそうだ。千代子は師の三浦環を顕彰して「マダムバタフライ世界コンクール」のイベントを立ち上げ再び世間にあらわれ、「小林千代子っていったい何者？」と週刊誌やマスコミを賑わせた。彼女もそれから数年後に亡くなり、上野寛永寺で三浦環と並んで眠っている。

三条の家の女性が男子二人を伴い「京平に会わせてくれないか」と、吉田の家にやってきた。

当主信吉は初めて会った三人を門の外へ押し返し、「会わせるわけにはいかない、帰ってくれ！」と強い態度を示した。

ひそかに初子や叔母たちと連絡を取り合い、セキに知られないよう、三条の人たちを面会させないよう強硬に指示した。信吉にとっても突然降って湧いた出来事に狼狽と怒りが一気に押し寄せたための言動、態度となった。その後も何度かの押し問答があったが信吉の態度は変わらず、親戚じゅうにバリケードを築いて最後まで三条の人たちと京平との面会を許さなかった。

京平は倒れる前まで、弥彦競輪株式会社の社長を務めていたが、妻のセキから「社長をしているのにちっとも給料が入ってこない」と言われて「俺はボランティアでやっているから」と答えていた。

娯楽を提供する競輪事業は高度成長期には大成長を遂げていた。京平の在任中、会社は相当の利益を上げ始め、観光ホテルも作っている。競輪は賭博だからと、京平は家人には近づけないようにさせていたふしがある。出張につぐ出張と言って年の半分を留守にしていたが誰も口を挟めず黙認していた。

娘たちの交代の看病を受けてリハビリ、療養にはげんだが、家に戻ることはなく一年余の闘病生活ののち京平は亡くなった。三条の女性や息子たちとの面会の願いもかなわないまま、「カニカニ、カニカニ」の意味もわからないままで……。

那津夫は信吉の妻シズ子から、ていねいな電話連絡で葬儀の日時を知らされ吉田に帰った。

当日の朝、隣の屋敷に行くと、大広間に祭壇が組まれその前の布団に京平は横たわっていた。広間にぐるりと鯨幕が張られ、たぶん親戚であろう七、八人の喪服姿の老婆たちが並んで座っている。弔問客が次々と会釈をして正面の祭壇で焼香をする。そこに「仲弥のオトト」が入ってきた。オトトはセキの弟で、京平の義理の弟、人のよさそうな小太りの人物である。かつて「加京さ」が米商いをしていたころには同業で、家ぐるみのつきあいの間柄でもあった。朝っぱらから酒が入っているようで顔が赤い。

「やあ、やあ、みなさん、悲しむことなんかないねえ、この仏はこの世に思い残すことなんかないほど好き勝手生きてきたんだ。人の何倍も楽しんできたんだし、悲しむことなんかないですよ。楽しく送り出してやりましょうや」

大声でえらく饒舌に老婆たちに話しかけていた。やがて弔問客は大広間を埋め、聡が進行役となって三人の僧侶が入場し葬儀は始まった。それから火葬場、お寺とあちらこちらをめぐって、そのつど読経が行われ葬儀は終了した。

京平亡きあと、例の三条の家の件がどこからともなく話題になっていた。遠い親戚の者まで「私は知っていた、とにかく本家で倒れたからまだよかった。もしあっちで倒れてたら、こりゃ大変なことだった」の声も聞こえてきて、案外知らなかったのは身内だけだったのかもしれない。

セキがそのことを死ぬまで知らなかったどうかは不明である。

いくつもの祈りが交錯した。何とか回復を願う親族の祈り、那津夫もそう願ったのに違いない。三条の人たちの生きているうち一目だけでも会いたいという願い。それから、京平の初子への願うような祈りにも似た言葉「カニカニ、カニカニ……」。みんなの思いは叶わなかったのだが、願いは祈りの言葉や祈る姿形となって残される。成就されることは稀であろうとも、それでも祈って心を静める。結果はどうであろうとも……。

三条の家の男子の兄は商科系私立大学を卒業後、母校の教員として残り教授になった。弟は私立大学を卒業して総合商社へ入社したという。

父の戦争

大学の春休みや夏休み那津夫はバイトの合間に帰省した。両親は喜んで迎えてくれて、ことに父は晩酌の相手ができる那津夫と一緒に飲みたがった。酔いがまわってくるとかなり饒舌になり自分の話を切り出すようになった。父は半ば政略結婚のような形で「加京さ」の婿になり分家になったのだが、常日ごろはほとんど本心は見せずにいた。しかし、このころになると思うところもあるのか、ポロリポロリと心の内を見せることがあった。かと言ってそれほど深い思いがあるように見えないし、成り行きにしたがって生きてきたと言っていいだろうと思っていた。しかし生き方の困難な時代に生まれてきたのは那津夫にもわかる。

二人の兄は旧制巻中学校に進んだが、聡が中学進学するころは満洲事変が勃発し軍事色が濃くなった時代だった。尋常小学校高等科の卒業時、担任の樋口教諭は生徒それぞれの家庭の事情を踏まえ、

「これからは工業の時代だ。渋木、おまえは工業中学へ行け」

と聡の進路は決定されてしまった。また、

「横山、おまえは絵を描くのが好きだから東京の看板店に行け」

と友人も指示された。

聡は近隣の村から町の小学校高等科五年に編入してきたので、在来からの中心グループに入り込めないでいた。横山くんは複雑な出生の事情があり、やはり中心グループから離れていた。疎外されていた者同士が一緒にいることも多く、図画の時間に西川の土手に並んで座り弥彦山を描いたこともあったという。今田様の屋敷には、明治時代からの赤レンガの洋館がある。あるとき、その前で小学生が油絵を描いているのを見て、

「いいなあ、小学生のくせに油絵が描けて、俺も油絵具がほしい……」

横山くんは非常にケナリ（うらやまし）がっていたそうだ。「巻中学校へ行きたい」とも言っていた横山くんだったが、担任教諭の指示した通り東京の看板店の住み込み見習いになり、やがて日本画家横山操となって「赤富士」の他に「茜」「雪原」「越路十景」など濃密な郷愁を描いた作品で世間に知られるようになる。しかし操は二十歳になると徴兵され満州へ赴き、終戦後シベリアへ抑留された。数年の苦しい抑留生活を経て帰国を果たすことができたのだが、画家にとってのこの空白の時間を埋めるため、無茶な生活と制作を重ねて体を壊して命を縮めた。

旧制長岡工業中学機械科を卒業した聡は名古屋の鉄工所に就職する。

ある日、全職員が正門広場に招集され集会が開かれた。

「これより長岡から来られた駒形十吉氏より訓示をいただく」

来賓が紹介されると「ワハハハー、ジューキチ、ジューキチだってよお」と若い工員が笑い出し、数人が同調して笑い続けると「コラ、静かにしろ」と上司に叱責された。名古屋の東山動物園に「ジューキチ」の名の人気者の河馬がいたんだそうである。聡はそんな出来事をよく覚えている。会社の重要人物は長岡からやってきており、役員たちも長岡出身者が多かった。長岡工業中学からの技術者ルートも形成されていて、聡はそのルートに乗ってこの鉄工所へやってきた。そこが山本五十六の要請から長岡経済界によって創設された名古屋螺子製作所であった。

二十歳になった聡は召集され戦車隊に入隊。習志野の練兵場での訓練のあと、戦車操縦士として満洲の関東軍戦車隊に配属された。そこで兵役の日々を送っていたが、やがて部隊ごとフィリピンへ移動となりルソン島へ渡った。ところが着任してまもなく彼一人だけが軍の命令によって内地に戻され、もといた名古屋螺子へ復帰し、やがて空襲に備えるため工場の地方分散化による移動で、京平の誘致で作られた郷里の吉田螺子で働くことになったのである。そんな経緯は当時生きていた人間には当たり前のことのようで、本人の希望や選択の余地はなかったようである。そして社長の長女であった初子と見合いをして結婚した。

当初しばらく祖父の家で一緒に暮らしていたので、終戦時の変節ぶりや当時の京平の行動を側で見ていたはずだが、祖父について語ることはほとんどなかった。父は義父とは距離を置いていたようだった。祖父も螺子の仕事には介入してこなかった。父は吉田劇場で催される公演や、祖父の派手なパフォーマンス、子どもたちを集めての行事、従業員の大宴会などにあまり参加しなかったし、政治家の後援会や選挙運動に積極的でなかった。そんな父の姿勢を母は気づかったが、祖父から叱責されることもなかったようだ。子どもたちから「お父ちゃんはどうして宴会に出ないの?」と聞かれ「俺は変人だから」と答えていたのを那津夫は思いだす。朝食を食べて、新聞の隅々に目を通し、工場へ出かけ、夕食時間には戻ってきて、ときには残業をして、晩酌をして軽くご飯を食べるという生活を繰り返していた。

まわりの人たちは聡の戦争の話を聞きたがった。やがて年月がたつにしたがって、酒が入ると口を開くようになった。満洲や台湾、フィリピンの話である。あまり勇ましいものはなく暗くなるものも多かったが、それでも彼なりにおもしろく伝えたいという工夫はしていた。頭の中にはたくさんの時間や思いが詰まっているが、それをうまく表出する方法は学べなかったか、思いつかなかったようである。

那津夫と酒を飲んでいたときである。気分がよかったのだろう、思い切ったように話し出した。初めて聞く話だった。

「自分がたった一人だけフィリピンから帰国命令を受けて帰る途中だった。どうして自分だけがと考えても思い当たるふしはない。軍律を犯した覚えもないが……帰国したら軍法会議にかけられてしまうのではないかと一人悩みながら船を乗り継いで、中国大陸の港からの輸送船の中で奇妙なものを見た。同じ船の一室に閉じ込められた西洋人の一団が乗っていた。日本軍の若手将校が引率していて捕虜だなとわかった。その集団とは次の寄港地で別々になったが、奇妙な体験だったので強く印象に残った」

那津夫はそれまで聞いたことのない話だったので、その件《くだ》りをもっと話してほしいとせがむと父は真顔で話を続けた。

「終戦後しばらくして新聞を読んでたら、その捕虜の集団についてのことらしき記事が載っていた。引率していた若手将校が占領軍の軍事裁判で、捕虜虐待の罪で死刑判決を受け、残された家族や友人が虐待の事実はなく軍の規則にしたがっていただけだと証明したいので、目撃者がいたら名乗り出てほしい、どんなささいなことでもかまわないという内容で、よく読んでみると船名、航路、日時ともに一致する」

そう言うのだ。

ただ父は航路の一部にだけ同乗していて、その集団は仕切られた域内にいたため、内部の状況はわからなかったと言う。記事はその後も何度か掲載され、どんな小さな目撃、情報でもいいので知っている人は連絡してほしいと訴えていた。

父はそのことを義父に話し、どうしたものかと相談した。

「名乗り出るのはやめたほうがよい」

京平は聡を制したそうである。

「若手将校の家族にとっては大問題だが、知っていることと言ったって重要なものではなさそうだし、名乗り出るとなると相手は進駐軍だ、問題が長引いて面倒なことにならんとも限らない。おまえは子どもが生まれたばかりだし、そんなものに巻き込まれたらどんなことになるやもしれんぞ」

そう訓され、一部同行の事実を証言することを止めた。

父は自分が名乗り出なかったのは「義父に止められたから」だと言った。戦争における証言を閉じてしまった父は、その後自分の意見を表出しなくなってしまったようである。しかしこの問題の重要なポイントに子どもが生まれたばかりだったという現実もあった。終戦の翌年八月に那津夫は生まれている。彼ははからずも父親聡の生き方を縛っていたのだった。そして那津夫には妹一人と弟二人もいる。

この話を聞いたのは大学生になってしばらくたっていた。彼も必然的に絵を描くことと自分の内面と向き合わなければならない時期にいた。このままデッサンを勉強していって、自分の資質、感性とどのようにして関連していくのだろう。西欧的表現を模索して、果たして自己の身体と一致するものがあるのだろうか。彼の内にギリシア的認識やキリスト教信仰もない、根本の柱なるものは何もないなどさまざまな想念を抱き混乱していた。

もし中高生のころであったら青臭く喰いかかって、父にヒューマニスティックな正論をぶつけたかもしれない。そうはできなかった。必然的に彼は絵を描く行為と自分の内面と向き合わなければならない時期にいたのだった。

ノモンハン帰り

一九八〇年代、日本はバブル絶頂期にあった。物価が高騰し、株、土地などの所有高で表面上は世界一、二位の金持ちということになった。浮かれ気分の中で、美術品の価格も高騰して金持ちになった絵描きが次々と誕生した。都内の小さなデザイン事務所で仕事をしていた那津夫は、しばらく離れていた絵画制作を再開していた。美術大学の同級生が画家になりコンクールで受賞したとか、誰それの作品は号あたり何万円とするそうだとか、そんな情報が耳に入ってくる。東山魁夷、平山郁夫、小磯良平などの巨匠クラスは法外として、中堅の画家でも野田弘志、中山忠彦、森本草介などが号一〇〇万円を超えたぞ、誰々が軽井沢にアトリエを買ったとか誰それは自宅の二階のアトリエまでエレベーターをつけたらしいなどという噂話も飛び交った。まったく浮かれた時代だった。バブル景気とその崩壊は、日本美術界に大きな傷跡を残している。その後遺症は現代に至ってもなお残っている。治る兆しさえないように思える。

那津夫もバブルの流れに乗れたらと思い活動した。売れる絵とはどのようなものなのか、画商に認知されるには何が必要なのかを研究して、そんな思惑で描いた絵を美術展に出品したり展覧会へ足を運んだりもした。自らの感覚に合うものをと、故郷の景色や雪の情景などを描いていたので、取材かたがた実家に立ち寄って父の晩酌の相手をした。

昨今の美術界の話をしていて老舗デパートでの美術展に話が及んだ。すると父が「おまえ、そこへよく行くのか?」と聞いた。「けっこうよく行く」と答えた。日本橋三越デパートと言えば、誰もが知る日本のデパートの象徴のような店舗だが、伝統的に美術部門の販売に信用と実績があり、巨匠から中堅、若手有望新人の展覧会が開かれ斯界《しかい》の中心にあった。三越でついた価格が画商の間で通用するという、美術界のグレードを示すステージなのである。ところがバブル絶頂期のそのころ、剛腕ワンマン社長が会社の私物化、使途不明金、女性問題のスキャンダルで連日新聞、雑誌、TVとマスコミを賑わし社会問題となっていた。

「おまえ、今度三越デパートへ行くことがあったら社長を訪ねて面会してきたらいい。俺の旧姓を出したら貴奴はびっくりして、奴は生きていたのか！　と言って飛び上がるだろう」

と父が言ってきた。

「えっ、いったいどういうこと」

話題の三越の、岡田社長とは満洲の戦車部隊で一緒だったと言うではないか。

「ああいうところの社長にはおいそれと面会できるもんじゃないし、軍隊で一緒だからと言って覚えているとは限らないよ」

「貴奴が覚えていないはずがない、俺はTVを見て奴だとすぐにわかった。間違いない」

父は顔つきも変わって真剣な表情で話を続けた。

「岡田っていうのは大阪の人間で慶應を出ている。満洲の関東軍で一緒の戦車部隊にいたんだが、部隊長より年上の感じで煙たそうな存在なんだ。いったい何の任務についているのかもさっぱりわからない。ただブラブラしているだけの兵隊だ。そういうのが各部隊には一人二人はいた。

岡田はひでえ奴で、毎晩兵舎で夕飯食べたあと俺たち新入りをぶん殴る、理由なんかない。貴様、名前は何だっ！　とか言って、答えるといちいち理屈にもならない理由で殴る。毎晩だ。そういう気性の男だ貴奴は。俺なんかどういうわけかこっぴどくやられた。だから忘れるなんてはずがない。俺はしっかり覚えている」

話を聞いていて那津夫の脳裏には、「人間の条件」や「真空地帯」の映画のシーンが浮かんできた。

「まあ考えてみれば貴奴も気の毒な存在なんだ。上級兵に岡田というのはいったいどういう人間なのか聞いたら、眉をひそめて『あれはノモンハン帰りだ』と教えてくれた。ノモンハンの会戦で敗れて生き残った兵士は、秘密維持のため軍によって隔離されてあちこちの部隊に預けられたんだな。生きているようで生きていない、生殺しにされたんだ。いることが迷惑がられて、哀れみ、さげすみの目で見られる日々だ。気持ちのやり場のない日常の鬱屈した思いの吐け口を、俺たち新兵を感情もなくただ習慣のように殴ることで晴らしていたんだな」

話を聞くほどに暗黒である。

「それだったら自分で会いに行ったらいいじゃないか」

「俺は仕事で行けない」

苦渋に満ちた顔で言う。

「じゃあ手紙を書いてみれば」

父は煮え切らない返事をするだけだった。

「おまえは東京にいるんだから、何かの機会に会うことがあったら、俺のことを話してみたらと思って……」

ガス台で調理していた母が、打ち豆の入った煮菜を深皿に盛って食卓に出した。父はそれを箸で挟み苦々しい顔のまま口に運んだ。煮菜は酒粕の匂いがした。

「貴奴ならこれくらいの事件は起こしかねない、そういう男だ、何の不思議もない……」

父は終始岡田という男のことを貴奴、貴奴と言った。それほどまでに憎たらしい人間であっても、裏腹の懐かしさを感じることに那津夫は言いようのないせつなさを感じたが、父は彼のためにせめて一つの機会を提示したいと思ったのだと感じた。

三越デパートをめぐるスキャンダルはしばらく続いたが、事件として告発されて社長の岡田茂は有罪になり失脚した。バブルはあっという間にはじけてしまって那津夫の「バブル便乗計画」は成功しなかった。失敗の原因はバブルがはじけてしまっただけの理由ではなかったかもしれない。いずれにしても人の心の中に解決しようもないねじれを生んだその軍隊体験とはいったいいかばかりのものだったのだろう。

第二次大戦の前、日本とソビエトはソ満国境を挟んで緊張状態にあった。一説によれば日本軍部はソビエト軍の戦力を計ってみようと国境を越え、モンゴル領内のノモンハンへ進撃した。そしてモンゴルの大平原、ハルハ河畔でソビエト・モンゴル軍と衝突し会戦となった。ところがソビエト軍の戦車は予想以上に高性能化していて、戦力差は歴然としており日本軍の戦車は歯が立たず惨敗した。これは日本軍部にとって衝撃的な大誤算で、結果を国民に知られるわけにはいかなくなってしまった。よってこれを隠蔽してしまおうと、参戦し実態を知ってしまった兵士たちを隔離する処置をとったという。これらの兵士たちはひそかに「ノモンハン帰り」とささやかれていたようで、三越の社長岡田茂はノモンハン会戦の兵士だったのだ。

ソビエトのスターリンはノモンハン会戦後、ナチス・ドイツとのヨーロッパ戦線に戦力を集中させるため、極東のソ満国境へは進攻せずに日ソ不可侵条約を結び、日ソ間の停戦は第二次大戦の終戦直前まで続いた。日本軍は満洲国の防衛のため関東軍を再整備し、その時期に父聡は召集されて満洲に派遣されたものと思われる。

そしてまた父の戦争体験は繰り返されていった。

しばらく満洲の戦車隊で任務についていたが、日本軍が占領したフィリピンへのアメリカ軍の奪還作戦に備えるため、ひそかに関東軍の移動が進められていた。「南転作戦」と呼ばれるものらしい。聡のいた戦車隊もフィリピンへ移動となったのである。それで岡田茂と決別することができた。

父は満洲からまず日本本土に帰国して、しばらくして広島・宇品港へ集合命令があり、台湾を経由してフィリピンへ渡る予定であった。台湾で数日の休憩のあと出港したところ、フィリピンとの間のバシー海峡で、乗っていた輸送船がアメリカ軍潜水艦に撃沈されてしまった。およそ十二時間海を漂流したそうだ。食事中の者も就寝中の者も海に投げ出され、かなりの人数が亡くなり、残った者は漂流物につかまりながら仲間を拾い上げていく。しばらくして偵察機が来て一点を中心に弧を描くように飛行、その円周を狭めつつ中心を示し、漂流者がその方角に進んでい

（右端・父）

満洲国関東軍戦車を背にして（前列右・父）

くとやがて救助の船がやってきて素早くすくい上げて港へ戻るのだそうだ。円の中心から外れてしまった者はすでに亡くなってしまった者たちとともに海の藻くずとなってしまうのだ。父は工業中学時代水泳部にいて泳ぎは得意だった。そのときは大活躍をしたのだと酒を飲みながら屈託もなく話す。

再び台湾に戻され、しばらく様子を見ながら再出発し、ようやくフィリピンへたどりつき部隊と合流できた。バシー海峡はもはやアメリカ側に制海権を握られていて、「アメリカ軍潜水艦の巣のようだった」と父は言っていた。ところがフィリピン・ルソン島での生活が始まっていくらもたたないうち、彼一人だけ帰還命令が来た。理由もわからぬまま日本本土へ帰されることになってしまった。

フィリピンから台湾へ向かう船が出航してすぐにまた撃沈された。そのときはそれほど長い時間ではなかったそうだが、海上に投げ出され救助されてフィリピンへ戻されて別の航路で中国大陸の港へ行き、また乗り換えて日本へ向かうことになり、そのときにたまたま西洋人の捕虜集団と同船したということだ。何とか本土に戻れたものの戦況は厳しいものになっていた。すぐにもとの名古屋螺子製作所勤務となったが、そこもアメリカ軍機の爆撃を受けて工場を地方へ分散することになり長岡へ移転し、そしてまた祖父京平が誘致した吉田工場へとやってきたようである。「南転作戦」によって満洲からフィリピン防衛のため移動した聡のいた戦車部隊は、アメリカ軍の上陸、進攻によって壊滅した。満洲に残されていた岡田茂は、戦後本国に帰還して部隊の移動や輸送船の撃沈、フィリピン地上戦での状況を聞き知れただろうから「貴奴は、よもや俺が生きていたなどと思いもしないだろう」と父が話すのも無理からぬ話だ。セピア色の世界が心に迫ってくる……。

祖父や父たちはその時代と社会の中で、人生において重要なことを自分の意志で決定するのは困難だったようだ。そのたどってきた道には何らかの思い、意志、残したかった事実などがときとしてうめきごえのように聞こえてくる。だけど本人自身はそのことさえ時間とともにわからなくなり忘れてしまう。バブル経済が崩壊して数十年の年月がたってしまっている。身のまわりに金持ちの絵描きはいなくなったけど、一部には姿形を変え、ところを変えてバブルは発生しているらしい。そこへ持ってきて社会はやみくもにAI時代に突入している。

私たちの生活の中にアメリカ的民主主義、ヒューマニズム、市民生活、そして無思考などが一緒くたになってどっと入り込んできた。その結果、日本人の目標も実利主義、経済優先となって今も歯止めなく続いている。彼は大学生時代、社会に出てからも高度成長というシロモノの中で踊らされた。決してもろ手をあげて賛同していたわけではないのだが、両手両足動かしてステップくらいは踏んでいた。その結果、平和国家、近代国家、世界の先進国の人間の顔をして生きている。スーパーマーケットやコンビニで買い物をする、街角の珈琲ショップで珈琲を飲む、ジーンズをはいてTシャツを着る、これら決して嫌いじゃない。ステーキを食べる、バーボンを飲む、これも好きである。でもホットドッグ、ハンバーガーはめったにしか食べない。そんな日常の中の表現を探してみた。絵画用新素材や新しい表現方法もどんどん入ってくる。ポップアートもやってみた。いろいろ試してみるが、彼にぴったりはまるものはない、少しズレていた……。

那津夫の生きてきた時代には、自分の進路は大方自由に選べた。しかし彼はその自由をもとに何を求めて生きていただろう。たとえば都会の空気と青空を求めて何度清水トンネルをくぐり、東京と行き来したことか、鉄道で、車で、おそらく一〇〇回は優に超え二〇〇回、三〇〇回と数えられるだろう。何を得て、何を持ってこられたのか……。今仕事をしながらガラス戸の向こう暗闇の中にボーッと映る自分の姿は、子どものころに見ていた父の姿にどこか似てきている。一筆一筆、またカッターの一刻み一刻み、その手元に静かに祈りをこめるしか手だてはないのだ。あれもほしいこれもほしいと願っても得られるものはない。

もしも祖父京平が、小学校卒業後すぐに奉公に出されず中学校に行くことができたとしたら、後年「娯楽の殿堂・吉田劇場」を作っただろうか、いや作ることができただろうか、まったく違った展開が待っていたはずだ。那津夫が想像するには、京平は「俺は彫刻家になりたい」などと言っていたかもしれない。

父聡は長岡工業中学校ではなく、巻中学校へ行っていたとしたら教師になった可能性は大いにある。歴史は好きだったようだし、「図案のようなものに興味はあった。機械科よりも本当は図案科のほうへ行きたかったが、そのときの先生に、おまえは機械科に行け、と決められてしまった」と言っていた。だから社会科もしくは美術の教師になっていたかもしれない。実際、聡の親戚には教師になった者も多い。しかしそうなっていたとしたら今の彼はないのである。那津夫にとって「この世界」は存在しなかったのである。

中将姫とマルセリーノ

もしも彼が絵描きになることをあきらめて、父の跡を継いで鉄工所をやっていたとしたら、前の年の夏、夫婦で弁当をこしらえて金沢旅行をして、友人たちと楽しく歓談のときを過ごし、日本海に沈む夕日に永遠を思い、そして忘れてしまった弁当のことや何やらで、あきれ果てる妻に負い目を感じている今もないのである。

那津夫は近年菩提寺からあるご縁をもらい絵を描く仕事をいただいた。紆余曲折あって本堂に掲げる「二十五菩薩御来迎図」を模写することになった。この絵の主題は阿弥陀信仰の核を成すもので、一心不乱に「南無阿弥陀仏」と唱え続ければ、往生の間際に阿弥陀仏が二五体の菩薩を伴って、天上の極楽浄土からたえなる音楽とともに雲に乗ってお迎えに来るという図なのである。絵が完成し本堂に掲げられ、これを見たある識者から菩薩の配置について疑問が出され、いろいろ調べて問題は何とか解消されたのだが、そのおりに大和奈良当麻寺の中将姫伝説を知ることとなった。継母にいじめられた賢く心優しい中将姫が阿弥陀仏に極楽浄土を願い、一心不乱に祈りを捧げて成就する物語である。

この話を知るに及び彼はあることも思いだした。一九五〇年代のスペイン映画「汚れなき悪戯」。主題歌の「マルセリーノの唄」とマリセリーノ少年のかわいさで大ヒットした作品で、題名は日本でつけられたもので原題は「マルセリーノ・パンビーノ（マルセリーノ・パンと葡萄酒）」というようなものだったと思う。彼は少年のときに吉田劇場で見たのだが、主題歌は知っていたものの内容はほとんど記憶に残っていなかった。大学生になって東京のどこか場末の映画館の三本立てでしばらくぶりに見てとても驚いたのである。

物語は、スペインの田舎の修道院の玄関先に捨てられていた赤子を、十人ほどの修道士たちが親代わりになって育てるというものである。マルセリーノ・パンビーノと名づけたその子を修道士たちは代わる代わるオムツ替えやミルクの世話をし、やがて文字を教え大きくなってゆく。また少年の天真爛漫ないたずらに修道士たちが振りまわされる場面もほほえましく、ミュージカルふうにつづってゆく。ディズニーの「白雪姫」の七人の小人を思わせるが、音楽もテンポもよくとても楽しい。しかしマルセリーノ少年は大きくなるにつれ何か悲しそうなのだ。修道士たちには癒やす手だてがない。ある日マルセリーノは祭壇の裏の物置でキリスト像を見つけ、それから毎日キリスト像に向かって「お母さんに会わせてください……」と祈りを捧げる。修道士たちは一生懸命に育てているが、やっぱり母親にはなれない。マルセリーノが毎日物置のキリスト像に祈っていることは知っているが、自分たちにはどうにもできない。

やがてある日、一心に祈っているマルセリーノの前のキリスト像が動き出し、両手を差し伸べてくる奇跡が起こる。翌日修道士たちは物置のキリスト像の両手に抱かれ、昇天したマルセリーノを見出し嘆き悲しむのだが、同時にその奇跡に感動し涙を流し祈るのだ。神の奇跡をたたえるというテーマで作られた映画だろうが大胆な演出だ。またシンプルだからこそとても強い印象を受けた。中将姫伝説の御来迎もマルセリーノ少年の昇天も、洋の東西、宗教の違いこそあれ本質はよく似ている。純粋でいちずな願いこそが神や仏の世界に一番近いということだろうか。

白いファンタジー

いつの間にか窓の外は雪になっていた。彼は花火の絵を描いている。飛び散る光跡をカッターで削り取った細い溝に、金色の絵の具を差し込む作業をしている。雪が積もり始めるとあたりの物音がしなくなってくる。車の音や、あちこちの建物の機器のモーター音など大気中を漂う騒音は雪に吸収されてしまう。作業の手を休めるとFMラジオから音楽が静かに響いてきた。バッハのゴールドベルグ変奏曲をグレン・グールドが弾いている。

終

【参考文献】

反町栄一日記　長岡市
堀悌吉　県立大分先哲資料館
名古屋螺子製作所社誌　㈱メイラ
巻町史　巻町
吉田町史　吉田町
他

おわりに

二〇一九年の夏だったと思う。長岡大花火会場近くのギャラリーでの展覧会で出会ってしまったのである。

喫茶店にもなっているカウンターごしに女性客が店主と話し合っていて、展示者の私に気づいて話しかけてきた。「あなた吉田の人ですよね……この古い日記の中に吉田のことがよく出てくるんだけど、吉田というと何かしら……あなた知らない？」。その本とは戦前、戦中と山本五十六と親しかった反町栄一が克明に記していた日記で、歴史資料として長岡市から出版されていたものであった。

女性は長岡の如是蔵博物館学芸員の種村さんで、本の中身を見せられてみると、後半部しきりとあらわれる吉田との関わりとは、ほとんどすべてが私の祖父とのものであった。彼女は山本五十六についていろいろ調べている最中であるという。文中の吉田との関わりは祖父との交流である旨を答えると、いろいろ質問を投げかけてきて少しずつ理解が進んだようで、その「反町栄一日記」を手渡してくれて、多くの事柄について教えてくれと頼まれてしまった。

持ち帰って詳しく読んでみると、そこには私が聞かされていた戦前、戦中の祖父のエピソードや、父、母に関する行動を知る手がかりがいくつもあった。

山本五十六の年表を調べ、そこへ祖父に関する年表を当てはめて「反町栄一日記」の記述と照らし合わせてみるとほとんどが一致した。父や母に関する事柄も矛盾なく、私が聞いていた事柄やエピソードが現実となった。それに連なって戦後のエピソードのあれやこれやも、手元に残された資料と私の記憶や体験などを組み合わせ、想像や少々妄想を加えたら一つの結構な物語が浮かび上がったような気がした。

しかし冷静に考えてみれば、たかが一地方の一家族のお話である。内容についてもあまりほめられたものとは言えない。もはや消え去ろうとしていて、それはそれでしかたないことだろうが、日記の中の事実が迫ってくるものと種村女史の「どうするの、書くの、書かないの……Yes, or, No!」という迫力に押され、「私にできるだろうか……」と思いつつ筆をとった。とにかくまとめることに何らかの意義があると思ったのだ。

コロナ禍が世界をおおい始め、ロシアがウクライナへ攻め入った。

書き進めて行くうちにいろんな展望も見えておもしろみも感じたが、一方で全体をまとめることが手にあまったりしながら何とか書き終えたというしだいである。

戦後八十年になろうとする今、私と同時を生きてきた人たちも、目まぐるしく変化する時代に驚き、とまどい、悩みをかかえているに違いない。展覧会へ足を運んでくれる人たちとの会話で感じることがしばしばだ。

ここ越後蒲原出身の同輩は首都圏、関西圏、中京圏、他にも多くが全国に散らばっている。どこの地方も似たような状況はあるだろう。そして私の内にそのたくさんの人たちに、歴史と文化の一端としてこの物語を届けてみたいという願望が生まれた。私たちにはやっぱり紙の本であるという声も伝わってくる。アナログからデジタルへＩＴ化を急ぐ現代社会、紙の本を作ってそれを全国の人々に届けるということはとても困難な仕事となっているようである。

「やるか、やらないか、それが問題だ！」

まさにそうだったのだが、ようやくここまでたどり着けた。そして手に取ってもらえた人たちに懐かしさを感じてもらえ、おもしろかったと思っていただけたらとてもうれしい。

最後にこの本のきっかけを作ってくれて、たくさんのアドバイスをいただいた如是蔵博物館の種村信子さん、出版に当たって尽力をいただいた菊地泰博氏、編集の小田明美さん、そしてさまざまな局面でご支援、アドバイスをしていただいた方々に深く御礼申し上げます。

斎藤順正（さいとう じゅんせい）

1946年 新潟県吉田町（現・燕市）生まれ。
1965年 新潟県立巻高等学校卒業
1970年 東京芸術大学絵画科卒業
1985年 東京セントラル美術館油絵大賞展入選
　　　　個展等で絵画活動を行う
1998年 新潟市越前浜にアトリエを移す
　　　　新潟県内外で絵画活動
2009年 絵本「はざ木のニック」（パロル舎）刊行
2012年 燕市吉田の生家にアトリエを移す
2013年 入院中の病室で長岡大花火と出会う
2019年 個展／長岡ギャラリー沙蔵

無所属

かんばらまんだら
越後《えちご》商人《しょうにん》気炎万丈記《きえんばんじょうき》

二〇二三年十二月二十日 第一版第一刷発行

著　者 斎藤順正
発行者 菊地泰博
発行所 株式会社現代書館
　　　東京都千代田区飯田橋三―二―五
　　　郵便番号 102-0072
　　　電　話 03（3221）1321
　　　F A X 03（3262）5906
　　　振　替 00120-3-83725
組　版 具羅夢
印刷所 平河工業社（本文）
　　　東光印刷所（カバー・帯・表紙・扉）
製本所 鶴亀製本
装　幀 斎藤あき

 ISBN978-4-7684-5955-3

http://www.gendaishokan.co.jp/